Gaëlle Ausserré

# QU'UNE PARENTHÈSE

Roman

De la même auteure :
*Tu sais où me trouver !*, 2020
*L'endroit exact où je dois être*, 2021


ISBN-13 : 9781087230627

Photo : © Agnes Kantaruk © Shutterstock
Graphiste : Vanessa Ausserré

Dépôt légal, septembre 2019

# I

# HÉLÈNE

# 1

*Paris, printemps 1960*

Les révélations ne tiennent parfois à rien. D'une chose infime et hasardeuse peuvent naître les plus grandes découvertes, qu'elles soient scientifiques, historiques ou plus personnelles. Il en va de même des secrets. Ils attendent, tapis dans le noir, à l'affût de la moindre faille qui leur permettrait de jaillir à la face du monde, blessant sévèrement ceux qui devaient justement être protégés à tout prix. Leur morsure paralyse, pousse au doute, bouleverse notre vision du monde.

C'était précisément à cette remise en question que pensait Hélène ce jour-là. Son cours d'histoire avait suscité chez elle des interrogations. Comment avait-on pu croire si longtemps que la Terre était plate, alors que tous les indices étaient là ? Non, elle ne comprenait pas. Les gens avaient-ils si peur de remettre en cause leurs convictions ? Était-ce par faiblesse, par bêtise, ou par confort ? C'était pour cela que, lorsque son professeur lui avait proposé de faire un exposé sur les grandes découvertes qui avaient bousculé l'ordre établi, elle avait accepté avec empressement.

L'adolescente de quinze ans rentrait donc chez elle, avec Justine, sa camarade qui avait bien voulu la suivre sur ce projet.

Quand elles arrivèrent dans l'appartement familial haussmannien, tout était calme. Ses petits frères et sœurs devaient sûrement profiter du beau temps au parc avec leur mère. C'était idéal pour se faufiler dans le bureau de ses parents, afin de choisir les livres dont elles auraient besoin.

Elle chercha dans la grande bibliothèque encadrée de moulures, à gauche d'une cheminée où trônaient de nombreuses photos de famille. L'ouvrage qui l'intéressait n'était pas très accessible. Elle grimpa alors sur une chaise d'où, avec un équilibre précaire, elle tenta de prendre l'ouvrage convoité. Malgré les mises en garde de Justine, elle s'obstina. Au moment où le livre finit par se laisser attraper, Hélène bascula entraînant dans sa chute un cadre et un coffret en bois posés sur la cheminée.

Pendant qu'Hélène se relevait, Justine observa la photo du cadre dont le verre avait cassé sous le choc :

— C'est la photo de mariage de tes parents ? C'est drôle, ils ont l'air si jeunes, même si j'ai du mal à croire qu'ils n'ont que quelques années de plus que nous. Mais, tu as vu ce qui est écrit derrière ? « Paris, avril 1946 ».

— C'est curieux ! Mes parents se sont mariés en 1935, ma sœur Hannah est née en 36. C'est sûrement une erreur... Ou une photo qui aurait été redéveloppée en 46. Tu sais, avec la guerre, ils ont peut-être refait faire des photos qu'ils avaient perdues.

Les jeunes filles remirent la photo dans le cadre, jetèrent les morceaux de verre dans la corbeille à papier, sous le bureau. Tant pis, personne ne remarquerait tout de suite l'absence de la vitre, et d'ici là, il serait temps d'accuser un de ses petits frères.

Puis, ce fut le coffret qu'elles voulurent replacer. Rectangulaire, il était fait de bois sombre, son couvercle arborait des arabesques finement creusées. Les objets qu'il contenait étaient répandus sur le tapis : des lettres, un bonnet blanc de bébé brodé, une chaîne en or avec un pendentif en forme d'étoile, une photo en noir et blanc.

Elles observèrent d'abord la photo. Elle représentait une famille de quatre personnes : un couple, jeune, souriant, et ce qui semblait être leurs deux enfants tant la ressemblance était flagrante. La petite fille avait les cheveux foncés de son père, tandis que le petit garçon, le visage fin de sa mère.

Elles furent ensuite intriguées par les lettres. Ce qui les surprit surtout fut leur nombre. Toutes avaient pour destinataire Solange Fournier, la mère d'Hélène. D'après le cachet de la poste, la plupart dataient de 1939 et 1940. Hélène pensa qu'elles avaient été écrites à sa mère par son père, pendant sa mobilisation au début de la guerre. Pourtant, le nom de l'expéditeur sur l'envers des enveloppes était Samuel Feldstein, alors que son père s'appelait Henri Deschamps. Un ami probablement, se rassura intérieurement Hélène.

Trois lettres, cependant, attirèrent particulièrement leur attention. La première ressemblait davantage à un bout de papier froissé, sur lequel on aurait griffonné un mot à la va-vite. Dessus, une écriture brouillonne avait inscrit « *Relève-toi, je t'aime* ».

La deuxième se détachait des autres par son format. Toutes les enveloppes avaient la même taille, sauf celle-ci. Plus petite, moins blanche, plus malmenée, ce fut elle qui attisa le plus la curiosité des jeunes filles.

Hélène l'ouvrit, et son esprit romanesque d'adolescente imaginait déjà y trouver la révélation d'un destin tragique ou une déclaration d'amour enflammée. Elle remarqua que l'écriture semblait être la même que celle du petit mot. Elle lut le contenu de la lettre à voix basse, comme elle aurait lu un message secret.

*Drancy, 25 juillet 1944*

*Mon amour, ma Solange,*

*Je suis arrivé il y a peu à Drancy. Je suis frappé par l'inhumanité qui y règne. Comment avons-nous pu ignorer dans quelles conditions les gens sont détenus ici ? C'est d'une violence indescriptible ! J'ai peine à imaginer ma famille vivre ici. Je sais pourtant que ce sont les dernières images que leur aura laissées la France.*

*J'ai appris que j'allais faire partie du prochain convoi. Je ne sais pas précisément ce qui m'attend, mais il est évident maintenant que nous ne partons pas uniquement pour travailler. La guerre est bientôt finie, ils ne pourront pas continuer leurs convois mortels très longtemps.*

*Sois confiante et sois forte ! Avec ou sans moi, tu auras une vie à reconstruire après tout ça. Promets-moi de continuer ta vie, même si je ne reviens pas.*

*Le sursis que tu m'as offert pendant deux ans a été le moment le plus intense de ma vie.*

*Je vous aime, toi et les filles. Car, oui, quoi que tu en penses, je suis persuadé que c'est une fille.*

*Prends cette lettre comme une lettre d'amour, pas comme une lettre d'adieu. Je ne mourrai pas là-bas, Solange. Une autre vie m'attend avec toi après la guerre, et cette vie-là, je veux voir à quoi elle ressemble.*

*Je signe de mon vrai prénom, je n'ai plus rien à cacher maintenant.*

*Samuel*

Hélène ne comprenait pas. Des questions se bousculaient dans sa tête : qui est cet homme ? pourquoi parle-t-il de leurs filles ? ce bébé que porte ma mère, c'est moi ? ce Samuel est mon père ? Non, tout cela n'a aucun sens ! Elle l'aurait senti si on lui avait caché quelque chose. Et puis, elle a les cheveux châtain clair aux reflets dorés de son père, son rire, sa douceur. Bien sûr, ses parents se taisent parfois quand elle entre dans une pièce où ils chuchotent. Bien sûr, certains jours dans l'année, toujours les mêmes d'ailleurs, maman est moins joyeuse avec un voile dans le regard. Mais c'est parce que ce sont des adultes avec des soucis qu'elle, petite fille, ne peut pas comprendre.

Justine interrompit alors sa réflexion :

— C'est étrange, non ? Tu crois que ta mère avait un amant pendant la guerre ?

— Non, il doit y avoir une autre explication.

Troublée, Hélène décida de lire la troisième lettre. Pour celle-ci, rien n'était indiqué sur l'enveloppe. L'écriture également était différente.

*Saint-Amont, 19 juin 1945*

*Samuel, mon cœur,*

*J'aurais aimé qu'il y ait un endroit sur terre où envoyer cette lettre. Malheureusement, il n'en existe plus aucun. Pourtant, j'ai quand même besoin de t'écrire, pour mettre un point final à cette vie et passer à une autre.*

*Je sais maintenant que tu ne reviendras probablement pas. Tous les orchestres symphoniques ont besoin de leur triangle, et j'ai perdu le mien pour toujours. Te souviens-tu de ce jour où, pour la première fois, j'ai joué du piano pour toi ? J'ai parfois l'impression que c'était il y a cent ans...*

*Hannah t'évoque sans cesse et parle souvent de toi à Hélène. Tu ne t'étais pas trompé, c'est bien une petite fille qui est née en novembre. Tu avais une chance sur deux d'avoir raison. Elle te ressemble tant. Elle est calme, comme toi.*

*Tu t'en doutes, elles sont très choyées par mes grands-parents. Est-ce que cela suffira ? Certainement que non, cependant, avons-nous le choix ? À aucun moment, la vie ne nous laisse réellement le choix. On suit juste le courant là où l'on pense que l'on pourra garder la tête hors de l'eau le plus longtemps possible.*

*Je fais ce que tu m'as demandé, je me relève et j'avance. Mais, pour cela j'ai besoin de te laisser derrière. Le poids de ta disparition est trop lourd à porter. Il me cloue sur place.*

*Dans une autre vie, nous aurions célébré la fin de la guerre ensemble. Nous aurions regardé nos enfants grandir. Peut-être en aurions-nous eu d'autres pour former enfin notre orchestre symphonique. Dans une autre vie, tu aurais vieilli à mes côtés, tu aurais parfois dit que j'étais une emmerdeuse, tu aurais pourtant continué à me supporter quand même. Dans une autre vie…*

*Alors, j'abandonne, je te laisse partir. Mais, je parlerai de toi à nos filles : je leur dirai quelle personne extraordinaire tu étais, les morceaux de piano que tu préférais, ta patience, ton courage. Et puis, bien sûr, je leur dirai comme tu les aimais, elles, et comme je t'aimais, toi.*

*Avec tout mon amour, je termine cette lettre d'adieu.*

*Solange*

Le doute n'était plus permis pour Hélène. Cet homme était bien son père puisque ce bébé, né en novembre 44, ne pouvait être qu'elle. Elle n'était pas celle qu'elle pensait être. Sa mère avait oublié ce père disparu avec une telle rapidité. S'il comptait si peu pour elle, alors peut-être qu'elle non plus ne comptait pas.

À peine avait-elle achevé sa lecture que Justine la ramena à la réalité. Il était bientôt dix-huit heures. Sa mère et les enfants allaient rentrer. Il fallait ranger. Hélène avait la sensation que son amie lui parlait au travers d'un mur en pierre. Elle entendait vaguement ses paroles. Son corps réagissait, se mettait à effectuer les tâches nécessaires pour ne laisser aucune trace du chaos, cependant, son esprit était encore ailleurs.

Quand tout fut en place, Justine avertit son amie qu'elle devait partir tout en s'assurant qu'Hélène se remettait du choc.

— Ne t'inquiète pas, ça passe déjà…

« Mensonge » lui soufflait une petite voix dans sa tête, pourtant elle devait donner le change. Ses certitudes étaient bouleversées. Après avoir raccompagné Justine, elle alla se planter devant la fenêtre de sa chambre. Tout en regardant les feuilles des arbres onduler avec le vent, elle se mit à réfléchir. Tant d'interrogations affluaient dans son esprit.

Le temps passa sans qu'elle en ait conscience. Déjà, sa mère l'appelait pour passer à table. Lorsqu'elle entra dans la salle à manger, les petits couraient, riaient. Ils étaient comme une insulte vivante à ce qu'aurait dû être sa vie. Elle savait qu'ils n'étaient pour rien dans cette situation, toutefois leur présence seule l'irritait.

Blessée et en colère, elle prit sa mère à partie :

— Ces enfants sont obligés de faire tant de bruit ! Ce n'est pas un orchestre symphonique que tu as là, maman, c'est une fanfare de village ! Je préfère encore rester dans ma chambre.

Surprise de cette agressivité soudaine de la part d'une enfant d'habitude si tranquille, Solange la regarda sortir de la pièce. Elle la suivit.

— D'où sors-tu cette expression ? Qu'est-ce qui te prend ?

— J'ai dit ça comme ça… sans raison, dit-elle fuyante.

— Tu es fâchée, je le vois bien. Si tu ne veux pas me parler, je préfère effectivement que tu restes dans ta chambre. Je ne peux pas te voir ainsi.

— Pourquoi ? Je te fais penser à mon père ?

D'un ton étonnement calme, Solange lui répondit :

— Habituellement oui, mais là, c'est à moi que tu me fais penser. Ce regard plein de colère et de rancœur… C'est celui que j'ai souvent eu.

Mère et fille se dévisagèrent longuement. Solange lui ordonna doucement :

— Couche-toi, nous reparlerons de tout ça demain.

Elle referma la porte derrière elle. Solange était déconcertée. Elle n'était pas sûre de ce qu'elle venait de vivre. Sa fille, d'ordinaire si douce, venait presque de la mettre en accusation. Hélène ne pouvait pas savoir, cela n'était pas possible. Elle se rendit dans son bureau, en fit le tour du regard. Il aurait fallu que sa fille fouille dans ses affaires, cependant rien ne semblait avoir bougé. Cela devait être l'âge qui la faisait réagir ainsi. À quinze ans, il était normal qu'elle se rebelle. Elle sortit de la pièce pour aller retrouver les enfants à table. Il serait bien temps de discuter avec Hélène le lendemain.

# 2

Solange eut du mal à dormir. Henri était parti pour quelques jours, et il lui était toujours difficile de trouver le sommeil lors de ses absences. Cette fois, pourtant, il y avait quelque chose de différent. La remarque de sa fille la perturbait. Quelle coïncidence ! Peu de personnes auraient pu faire cette allusion à l'orchestre symphonique. Deux personnes en fait, et, de son côté, elle ne l'avait jamais évoqué.

Elle finit par se lever. Elle fut prise dans le rythme effréné du réveil des enfants et des départs à l'école. Elle avait des consultations prévues à son cabinet dans la matinée, elle espérait néanmoins avoir le temps de reparler à Hélène.

Tandis que les petits se préparaient, Solange s'inquiéta de ne pas voir sa fille. En entrant dans sa chambre, elle constata qu'elle n'y était pas. Elle interpella alors son aînée :

— Hannah, as-tu vu ta sœur ce matin ? Sa chambre est vide.

— Non, maman, je ne l'ai pas croisée. Elle est peut-être déjà partie.

L'angoisse commença à saisir Solange. Où pouvait-elle être ? Elle sentait que son absence était liée à son attitude de la veille. Elle appela la mère de Justine qui décrocha immédiatement.

— Bonjour, Clara ! Hélène est déjà partie ce matin. Est-elle avec votre fille ?

— Non. Elle s'apprête à partir. Je vous la passe.

Justine s'adressa timidement à Solange :

— Bonjour, madame Deschamps. Je ne sais pas où est Hélène. Elle ne m'a prévenue de rien.

— Je l'ai trouvée étrange hier soir. Vous avez fait quelque chose de particulier après l'école ?

— Non, répondit l'enfant gênée.

Clara, consciente également du trouble de sa fille, lui enjoignit de dire ce qu'elle savait, Hélène était peut-être en danger.

À contrecœur, partagée entre trahir son amie et la protéger, elle expliqua :

— Hier, dans votre bureau, en cherchant un livre, on a trouvé des lettres…

— Merci, Justine…

Solange raccrocha brusquement comme si cette seule réponse mettait fin à toutes ses interrogations. Elle suffit également à lui glacer le sang. Elle se rendit dans le bureau, suivie d'Hannah. Du regard, elle en refit le tour. Ses yeux s'arrêtèrent sur la cheminée. Le coffret…

Elle s'approcha. L'écrin en bois était là, sous le cadre. La vitre du cadre avait disparu, laissant la photo à nu. Elle sut. Et Hélène savait aussi. Mais que savait-elle exactement ? Qu'avait compris une si jeune fille de lettres d'adultes à une époque si trouble ?

Le téléphone sonna.

— Solange, c'est Alice. Tu dois venir. Hélène est ici. Elle sait…

Aussitôt, Solange confia les enfants à Hannah. Elle partit rejoindre sa fille chez Alice, sa cousine, qui habitait non loin, en banlieue.

Le trajet en voiture lui parut une éternité. Elle ignorait complètement ce qu'elle allait raconter à Hélène. Ses pensées tourbillonnaient dans sa tête. Tout dépendrait de ce qu'elle avait découvert. Solange avait tellement peur de replonger dans ses souvenirs douloureux. Sa seule façon de se relever avait été de tout occulter, de réécrire sa vie sur une page vierge.

# 3

La veille au soir, Hélène avait décidé d'aller voir la seule personne susceptible de lui expliquer ce qui s'était passé pendant la guerre. Elle savait qu'Alice et Solange étaient devenues très proches durant l'Occupation. Elles avaient vécu ensemble en zone libre. Elle prit donc le train de bonne heure à la gare Saint-Lazare. Elle arriva chez Alice plus facilement qu'elle ne l'espérait.

Celle-ci, stupéfaite de la trouver sur le pas de sa porte, invita l'adolescente à entrer dans la maison. Hélène ne fit aucun détour :

— Qui est Samuel ?

Alice blêmit. Cela faisait si longtemps qu'elle n'avait pas entendu ce prénom.

— Je crois que c'est à ta mère que tu devrais poser la question.

— Non ! Elle me ment depuis toujours, je ne peux plus lui faire confiance.

— Elle a fait ça pour te protéger. Tu l'as prévenue au moins que tu es ici ?

— Elle s'en fiche.

— Je vais l'appeler. Elle doit être morte d'inquiétude.

Une fois Solange avertie, Alice retourna auprès d'Hélène.

— Tu sais, chérie, la guerre a été une période très compliquée, très difficile. Ces quelques années ont été comme une parenthèse dans notre vie ordinaire. Pour ta mère, pour moi aussi, la vie a, en quelque sorte, suspendu son cours. Nous avons traversé des choses qui nous ont construites, détruites ou renforcées. Certaines situations, nous ne pensions jamais les vivre ni y survivre. Ne lui en veux pas. Tes parents ont fait comme ils ont pu.

— Alors, c'est de cette façon que ça se passe ? On aime des gens, ils s'en vont, on les oublie, on les trahit ? C'est ça votre monde d'adultes ? Je ne suis pas d'accord !

— Je ne te dis pas qu'ils ont eu raison de te mentir. Je dis juste que tu dois comprendre qu'on s'accroche à des certitudes qu'on croit les meilleures possibles et, parfois, on se trompe.

Alice et Hélène se regardèrent, puis patientèrent dans le silence jusqu'à l'arrivée de Solange. Hélène songea alors qu'Alice aussi devait porter de bien lourds secrets.

Solange s'arrêta devant cette maison blanche des années trente qui lui était si familière. Au moment où elle sonna, Hélène se précipita au fond du jardin afin de ne pas la croiser, laissant les deux cousines face à face. À chaque fois que Solange revoyait Alice, c'était la jeune fille brune de vingt-et-un ans qu'elle revoyait, avec ses yeux bleus pétillants et sa silhouette gracile. Les années ne semblaient pas avoir de prise sur elle.

Après s'être installées au salon, Alice aborda le problème sans tergiverser :

— Tu dois lui expliquer, Solange. Elle ne sait pas tout, donc elle imagine. Et ce qu'elle imagine est sûrement pire que la réalité.

— Je ne peux pas. Je ne peux pas faire revivre tout ça. Tu sais à quel point ça a été dur.

— Bien sûr que je le sais. J'étais là ! Mais aujourd'hui, Hélène a besoin de comprendre.

Des bribes de souvenirs apparurent devant les yeux de Solange : des chiens qui aboient, une main qui serre la sienne, quelqu'un qui lui dit de ne pas s'inquiéter, puis des cris « Ne la touchez pas ! ». C'était déjà trop pour elle. Alors, de nouveau, des flashs l'assaillirent : des notes jouées au piano, une chemise en coton contre sa joue, le soleil qui se couche un soir d'été, un petit garçon blond qui se jette contre elle les mains collantes de confiture…

Solange rouvrit les yeux.

— Où est-elle ? Je la ramène.

— Elle est dans le jardin. Mais raconte-lui. Toi aussi tu en as besoin. Et fais-le pour lui également… Tu ne crois pas qu'il aimerait que sa fille sache qu'il tenait tellement à elle qu'il a préféré se sacrifier ?

— Tu n'as pas le droit d'utiliser cet argument. Tu sais qu'il est imparable.

Samuel. Il a toujours été le fil conducteur de tout. Pendant plus de vingt ans, il a influencé sa vie, par son absence, par sa présence. Effectivement, il était temps… pour avancer encore. Un peu comme à vélo, si la vitesse ralentit, on tombe. Pour rester debout, il faut avancer.

# 4

Solange se dirigea vers Hélène, assise sur une balançoire au fond du jardin. Combien d'heures ses enfants et ceux d'Alice avaient-ils passé sur ces balançoires ? Quitte à en avoir les mains écorchées par les cordes. Elle sourit en repensant à eux.

Elle avança sans faire de bruit. Elle prit place sur la balançoire à coté de celle d'Hélène, puis caressa de sa main la longue tresse de sa fille. Elle avait toujours adoré le contact de ses cheveux doux sous ses doigts.

Elles se balancèrent un moment dans le silence, avant que Solange ne le brise :

— Déjà, petite, tu me rendais folle. Tu te cachais sans prévenir, juste assez longtemps pour que je commence à m'inquiéter et à t'appeler. Tu finissais par surgir, le sourire aux lèvres, car de m'avoir vue si inquiète te rassurait. On aurait dit que tu cherchais à vérifier que je veillais sur toi ou que je tenais à toi. Un jour, c'est passé. Jusqu'à aujourd'hui. Tu m'as fait très peur, mon cœur.

— Je ne cherchais pas à te faire peur, dit-elle sans regarder sa mère. Je voulais des réponses. Je veux savoir qui je suis vraiment.

— Je vais t'en donner, des réponses. Mon Dieu, j'ai l'impression d'avoir vécu tellement de vies ! Celle que j'ai partagée avec Samuel est sûrement la plus douloureuse et heureuse à la fois...

Solange se ressaisit un instant afin de continuer :

— En fait, on ne sait jamais vraiment qui on est. À partir de quoi devrions-nous nous définir ? Et puis, on change aussi... J'ai été tour à tour la veuve éplorée d'un homme que je n'avais pas épousé ; la mère aimante d'une enfant que je n'avais pas portée ; la fille dévouée d'un père qui m'avait méprisée. Je ne suis pourtant pas que ça. Toi non plus, ton identité ne s'arrête pas à tes origines. Alors, commençons...

Solange réfléchit à ce par quoi elle allait commencer. Ce fut soudain évident. Héléna. Tout avait débuté avec elle.

— Je t'ai déjà expliqué pourquoi tu t'appelles Hélène...

— Tu m'as dit que c'était le prénom de ta meilleure amie.

— C'est vrai... Ce que je ne t'ai jamais dit, en revanche, c'est qu'elle est aussi celle qui a mis au monde Hannah et qui me l'a confiée.

Hélène, interloquée, regarda sa mère. Elle pensait tellement ressembler à sa sœur ! D'ailleurs, on lui en faisait si souvent la remarque. Alors, Solange lui raconta, tout. Héléna, Samuel, Hannah, la déportation, ceux qui sont revenus ainsi que ceux qui ne reviendraient jamais. Hélène avait enfin des réponses aux questions qui la taraudaient. Tout était là, sous ses yeux, depuis le départ. Il eût juste fallu qu'elle remette en cause ses certitudes.

Solange réalisa ensuite qu'elle ne devait plus se taire. Afin que cette part d'elle demeure encore vivante, elle devait la consigner précieusement quelque part, comme un journal qu'elle aurait tenu alors, avec l'espoir de se délester du poids de ses souvenirs.

Elle coucha sur papier cet épisode de son histoire. Cela lui prit peu de temps finalement. Elle pourrait le relire encore et encore. Le faire lire à ses enfants qui lui poseraient sûrement un jour des questions. Mais, tout serait là, conservé soigneusement. Une façon de garder les morts encore un peu vivants avec elle.

C'est ce récit qui allait tout expliquer.

# II

# SOLANGE

# 1

*Paris, décembre 1938*

Je crois que c'est là que je dois commencer mon récit : par la rencontre avec une petite bonne femme de deux ans et demi dans la cour intérieure d'un immeuble parisien, où une nouvelle famille emménageait dans un appartement de notre cage d'escalier.

L'hiver s'était déjà installé sur Paris. Emmitouflée dans mon manteau, les joues fouettées par le vent gelé, je me pressais de rentrer me mettre au chaud. J'arrivai en bas de l'immeuble cossu où j'habitais alors, quand je tombai sur une petite fille qui jouait à dépoter toutes les plantes de la concierge. Elle avait le visage encore rond du nourrisson, tandis que des cheveux d'un brun intense s'échappaient de sa cagoule de laine grise. Je m'approchai d'elle pour tenter de limiter les dégâts. Après avoir retiré un maximum de terre de ses doigts rougis par le froid, je la pris dans mes bras.

— D'où sors-tu comme ça ? Ta maman n'est pas là ? Je viens de te sauver la vie car madame Perrier voue un véritable culte à ses plantes. Tu serais devenue son ennemie numéro un.

Soudain, une voix angoissée appela :

— Hannah, où diable te caches-tu ? Ah ! Te voilà ! Vous avez retrouvé ma fille. Merci… J'ai tourné les yeux deux minutes, le temps de guider les déménageurs, et elle avait disparu.

Cette jeune mère, manifestement enceinte du deuxième, semblait avoir mon âge. Ce qui m'étonna. Je pensais, en effet, qu'à vingt ans, une femme avait bien d'autres choses à faire que des enfants. Elle était blonde, petite et menue, avec un visage de poupée. Elle me retira la fillette des bras avec délicatesse. Elle se présenta en riant :

— Je m'appelle Héléna Rosenbaum, je suis votre nouvelle voisine. Et voici la téméraire petite Hannah !

— Solange Fournier, j'habite avec mon père, au deuxième.

Elle était joyeuse et d'un naturel déconcertant. Ce fut ce qui me frappa en premier. J'étais alors son contraire, réservée et solitaire. Je montai avec elle. Une fois devant ma porte, elle m'invita à venir prendre le thé pour me remercier d'avoir retrouvé sa fille. De toute évidence, elle ne semblait pas pressée d'installer ses affaires, préférant discuter avec celle qui lui était encore une parfaite inconnue.

Nous discutâmes une bonne heure de son emménagement dans le quartier, de ma vie d'étudiante en médecine, des bêtises de sa fille. Ce fut l'arrivée de son mari, Jacob, avec son air désabusé devant le bazar qui régnait dans tout l'appartement, qui nous fit nous rendre compte que la nuit était tombée.

Je rentrai chez moi où Nadine, l'employée de mon père, Charles, officiait en cuisine. Celui-ci avait eu la bonne idée d'engager cette femme robuste, à l'éternel chignon roux, au décès de ma mère, quinze ans auparavant. Il espérait ainsi avoir au moins quelque chose de comestible à manger et un peu d'ordre dans son grand appartement.

Cela ne faisait que trois ans et demi que j'étais revenue vivre avec lui à Paris. Avant ce retour, je ne passais avec mon père que quelques semaines chaque année. Lorsque ma mère était morte en 1923, il m'avait en effet confiée à mes grands-parents maternels, se trouvant peu compétent avec une enfant de six ans. Ceux-ci m'avaient donc accueillie chez eux, à Saint-Amont, au sud de Lyon.

Ma grand-mère manifestait d'ailleurs une haine féroce à l'encontre de cet intellectuel qui avait privé sa fille d'une belle carrière de pianiste en l'épousant avant la guerre. C'était par conséquent de bonne grâce qu'elle avait récupéré ma garde, persuadée qu'elle pourrait faire de moi son outil de revanche. J'avais été élevée dans l'idée qu'une femme ne devait pas tout attendre d'un homme et qu'il était important qu'elle ait de l'ambition, tout en étant, bien sûr, une bonne catholique. Si les premiers points ne me posaient pas de problème, le dernier, au contraire, n'était pas du tout à mon goût, même si je donnais suffisamment le change pour avoir la paix.

Je racontai donc à Nadine ma rencontre, lui permettant ainsi de faire le plein de ragots dont elle était très friande. Pas un jour ne se passait sans qu'elle ne me donne les dernières nouvelles du quartier : les couples illégitimes, les rivalités entre voisins, les combines d'un commerçant du coin, les médisances répandues par les concierges…

Si elle ne manquait pas une occasion de me relater avec force détails les cancans en tout genre qui circulaient, je savais que tout ce que je lui confiais ne passerait pas la porte de notre appartement. J'avais une confiance sans faille en elle, tant elle s'était toujours montrée affectueuse à mon égard.

# 2

Cette nouvelle petite famille fit rapidement partie de mon paysage. Je les croisais fréquemment, échangeant à chaque fois quelques mots avec eux. Ce fut un événement plus inattendu qui nous rapprocha vraiment au cours de l'année 1939.

Un soir d'avril où mon père lisait son journal au salon alors que je jouais un morceau au piano, la sonnette de la porte retentit. J'ouvris et tombai sur Jacob, affolé. Sa femme était en train d'accoucher. Son médecin n'était pas chez lui, tandis que Samuel, le frère aîné d'Héléna, médecin également, ne pourrait sûrement pas se libérer à temps. Je n'étais qu'étudiante en médecine, et, même si j'avais, dans mon adolescence, souvent assisté mon grand-père, médecin de famille, lors de plusieurs accouchements, je n'étais pas persuadée qu'il ait trouvé en moi la personne la plus à même de l'aider. Devant son inquiétude, j'acceptai toutefois de venir voir Héléna.

Une fois chez eux, j'auscultai la jeune femme. Effectivement, l'accouchement était imminent, cependant, il ne serait pas si simple, le bébé n'arrivant pas la tête la première. La panique m'envahit : je n'étais pas capable de gérer cela toute seule. Afin de me tranquilliser, je procédai alors par ordre. Je conseillai à Jacob de descendre confier Hannah à mon père, puis de m'apporter des linges propres. Pendant ce temps, je rassurais Héléna, tout autant que j'essayais de me rassurer.

Je lui expliquai rapidement la situation. Son bébé était en bonne santé, néanmoins, il se présentait mal, ce qui compliquait un peu la naissance. J'avais déjà vu mon grand-père pratiquer ce genre d'accouchements, j'avais donc une vague idée des choses à faire. Au bout d'une demi-heure, je m'apprêtais à accoucher seule Héléna quand, enfin, un médecin qualifié arriva. Le visage de la jeune mère s'illumina.

— Samuel, tu as pu venir !

— Il faut toujours que tu fasses les choses à ta façon, Léna ! Ce bébé n'était pas prévu avant au moins un mois.

Se tournant vers moi, il demanda :

— Alors, comment ça se présente ?

— Le bébé est en siège. Ça va être un peu compliqué. Heureusement, vous êtes là pour prendre le relais maintenant.

— Non, je vais juste vous guider. Vous avez l'air de très bien vous en sortir toutes les deux.

— C'est vous le médecin, pas moi ! Je ne suis qu'étudiante !

— Raison de plus, vous ne serez que plus attentive à ce que je dis.

Avec un linge humide, il tamponna le front de sa sœur, qui le remercia d'un sourire. Puis, il la souleva délicatement, tout en s'asseyant derrière elle, afin qu'elle puisse appuyer son dos contre son torse. Il lui chuchota tendrement à l'oreille :

— Courage, Léna ! C'est bientôt fini.

J'étais assise sur le lit, en face d'eux. Je les observai furtivement. Croisant mon regard, Samuel me sourit à son tour d'un air rassurant. Héléna lui prit la main. Elle la serra de toutes ses forces au moment de la dernière contraction. Le bébé sortit, je constatai cependant qu'il avait le cordon autour du cou, et qu'il était bleu. Je le dégageai rapidement, clampai, et coupai le cordon. Samuel reposa doucement Héléna contre l'oreiller, puis me prit le bébé des bras. Nous l'installâmes sur une table pour le réanimer. Les secondes qui s'écoulèrent entre sa venue au monde et le premier cri qu'il poussa me parurent durer une éternité. Moi aussi, je pouvais enfin respirer. Samuel emmaillota l'enfant avant de me le confier, afin que je le dépose dans les bras de sa mère.

Les soins terminés, je laissai les parents seuls avec leur nouveau-né. Je trouvai alors refuge dans la cuisine pour me laver les mains. Je relevai bêtement, en passant devant un miroir, que ma robe était fichue. J'avais même des traces de sang jusque sur le front.

— Vous vous êtes bien débrouillée…

Je me retournai, surprise d'entendre quelqu'un derrière moi. Je n'avais, en effet, pas remarqué la présence de Samuel en entrant dans la cuisine.

— J'étais plus inquiète que la mère.

— Vous paraissiez plutôt posée pourtant.

— Ce n'était qu'une apparence. Je commence à trembler, dis-je en regardant mes mains.

— C'est la tension qui retombe. Vous devriez boire ça !

Samuel me proposa un verre de ce qui semblait être de l'eau. La brûlure qu'elle provoqua lorsque je l'avalai me détrompa aussitôt.

— Nous n'avons même pas eu le temps de nous présenter. Je suis Samuel, le frère de Léna. Vous êtes ?

Je retins la main que je lui tendais après avoir vu qu'elle était encore sale.

— Solange, sa voisine. Merci pour le verre, mais c'est un peu trop fort pour moi. Je vais redescendre. Dites à Héléna que je lui ramènerai sa fille demain matin.

Malgré la fatigue et la tension, je ne pus m'empêcher de remarquer son regard. Il était si calme, si bienveillant. Je pris un instant pour observer cet inconnu. Samuel était grand, séduisant, et il avait la finesse des traits de sa sœur. Ses yeux marron aux reflets ambrés dégageaient énormément de douceur. Je ne saurais dire si ce fut lui ou l'alcool qui me troubla alors. Peut-être les deux.

Lorsque je rentrai, mon père était assoupi sur une chaise dans ma chambre, tandis que la petite fille dormait dans mon lit. Je le réveillai avec précaution, le prévenant que je m'occupais désormais d'elle. Je fus toujours déconcertée, par la suite, de la facilité avec laquelle Hannah arrivait à s'endormir n'importe où, dès l'instant où elle avait sommeil.

Le lendemain, je la ramenai à ses parents. Héléna, déjà très en forme, me mit son fils, Léon, dans les bras. Il était tellement petit et paisible. Dans la précipitation de sa naissance, je n'avais pas vu à quel point il était minuscule. Enveloppé dans une couverture douce, je ne distinguai de lui que son visage rose et ses poings serrés contre ses joues. Je ressentis quelque chose d'étrange en prenant cet enfant dans les bras, comme un lien invisible entre nous.

Dès lors, une réelle amitié se tissa entre Léna et moi. Nos deux caractères étaient pourtant très opposés : elle était solaire et enjouée, là où j'étais grave et sérieuse. Elle était ce que j'aurais voulu être mais que j'étais incapable de montrer. Au fil du temps, elle devint ma plus grande amie, celle qui comprenait même mes silences.

Nous prîmes rapidement l'habitude de nous voir régulièrement. Nous échangions alors de tout, de rien. Je crois n'avoir jamais vraiment eu d'amie avant elle. Bien sûr, j'avais des camarades de classe, cependant, rien n'était comparable à notre amitié. Je venais, sans le savoir, d'entrer dans une famille que je ne pourrais plus jamais quitter.

Je recroisai également Samuel. Notre deuxième rencontre eut lieu devant ma porte, sur le palier. Je rentrais après une journée d'hôpital et d'étude à la bibliothèque. J'avais sur un bras quelques livres imposants, sur l'autre ma veste et mon sac. Morte de faim, j'avais trouvé opportun de croquer dans une pomme, comme si mes mains n'étaient alors pas assez chargées.

Arrivée devant ma porte d'entrée, je m'immobilisai soudainement, prenant conscience que je n'avais aucune main de libre. Je sonnai d'abord avec mon coude, mais l'appartement était vide. J'allais devoir libérer une de mes mains pour trouver mes clés. Je coinçai ma pomme entre les dents, puis cherchai mon trousseau dans mon sac. À ce moment, Samuel, qui quittait l'appartement de Léna, passa à mon étage. Il me fixa en souriant, tandis que je sentais immédiatement le feu me monter aux joues, sachant que je devais être ridicule.

— Bonjour ! dit-il en me retirant la pomme que j'avais dans la bouche.

— Bonjour ! Samuel, c'est ça ? Je suis Solange.

— Je sais, je vous ai reconnue.

— J'ai dit ça dans le doute, vu que cette fois je ne suis pas couverte de sang…

— C'est ce que je constate ! Il vous arrive de sortir propre alors !

Mise à l'aise par son humour, j'entrai dans son jeu :

— Oui, parfois, quand je dois sortir en public, je m'apprête un peu.

— Ça vous va bien… Je veux dire, d'être propre… Ça vous va bien. Vous voulez que je vous aide à ouvrir la porte ? ajouta-t-il brusquement comme pour changer de sujet.

— Volontiers, merci.

Il me prit alors les clés des mains, puis ouvrit la porte. Je rentrai, posai mes affaires. Je le remerciai tout en récupérant ma pomme. Nos doigts s'effleurèrent, je dégageai les miens rapidement. Je refermai enfin la porte, persuadée qu'il avait dû me trouver complètement gourde. Quelque chose pourtant dans son attitude m'avait fait apprécier cette brève rencontre. Sa voix enjouée laissait deviner qu'il avait été plus amusé que moqueur.

# 3

Juin arriva, l'anniversaire d'Hannah également. Elle allait avoir trois ans. Héléna organisait une petite fête familiale, et il était hors de question pour elle que je n'y sois pas. J'arrivai chez elle alors que tout le monde était déjà là. Elle me présenta quelques invités parmi lesquels sa mère, Antoinette Feldstein. C'était une femme brune, au teint pâle, très gentille mais peu expressive. Elle me remercia pour la naissance de Léon, ajoutant que sa fille ne parlait plus que de moi.

Ensuite, je rencontrai son père, Isaac Feldstein. Grand, très raide, les épaules carrées, il paraissait plutôt autoritaire et hautain. Ses cheveux châtains plaqués sur le crâne et ses yeux noirs renforçaient son air antipathique. Comment un homme aussi austère et fermé pouvait-il avoir une fille aussi ouverte et spontanée qu'Héléna ? À bien des égards, il me rappelait ma grand-mère.

Samuel était là également, avec sa fiancée, Esther. Elle ne semblait pas spécialement à son aise. Je mis d'abord cela sur le compte de la timidité, moi-même n'étant pas un modèle de sociabilité. Elle devait avoir mon âge. Elle était très grande, très fine et élégante. Elle avait relevé ses longs cheveux d'un joli blond vénitien en un chignon qui lui donnait un formidable port de tête.

Hannah se précipita contre mes jambes dès qu'elle remarqua ma présence. Je m'éclipsai alors bien volontiers avec elle afin de déballer le paquet que je lui avais amené. L'attention ne tournait, depuis quelques semaines, qu'autour de son petit frère, elle était donc ravie de retrouver sa place de centre du monde. Installées toutes les deux dans sa chambre, elle arracha aussitôt le papier qui dissimulait son cadeau. Elle réclama en riant que l'on commence immédiatement le puzzle en bois qu'elle venait de découvrir.

Nous étions assises par terre, à même le parquet, quand Samuel vint proposer à Hannah de souffler ses bougies d'anniversaire. Elle bondit hors de la pièce, m'abandonnant sur le sol au milieu de ses jouets. Il m'aida à me relever en me tendant ses mains, que je saisis timidement. Une fois debout, en face de lui, il garda mes mains un peu plus longtemps que nécessaire, puis les relâcha doucement. Un bref instant, j'eus le sentiment que son pouce avait caressé mes doigts. Cependant, cela avait été si fugace que je me persuadai que je l'avais imaginé. Ces quelques secondes pourtant m'avaient déstabilisée. Peut-être était-ce moi qui souhaitais qu'il caresse mes mains.

Revenus au salon, nous engageâmes la conversation. Nous parlâmes de mes études, de sa spécialisation en cardiologie, de l'actualité, pour finalement entamer une discussion animée sur la politique étrangère. Nous n'étions pas d'accord, et nos échanges, bien que courtois, étaient vifs. À part mon père, rares étaient les hommes à cette époque qui acceptaient de débattre avec une femme, surtout sur un sujet aussi sensible que la politique. Déjà, mon statut de future femme médecin suscitait bien des oppositions que cela soit chez la gente masculine comme féminine. Avec Samuel, j'eus aussitôt le sentiment d'avoir le droit de posséder un cerveau et de m'en servir.

Le contexte était particulier. L'Europe commençait à être sous tension. L'Allemagne, depuis l'arrivée d'Hitler au pouvoir, menait une politique très agressive. La guerre était à nos portes. Des rumeurs sur ce que subissaient les populations locales nous parvenaient. Cela n'avait rien de rassurant. En France, nous nous sentions en sécurité. Samuel pensait le contraire. Il était plus suspicieux. L'avenir lui donnerait malheureusement raison.

La réunion familiale s'achevant, je pris alors congé de mon amie, occupée à nourrir Léon. Samuel me rattrapa sur le palier.

— Cette conversation était très intéressante, il faudra qu'on recommence !

— Vous dites ça parce que vous vous sentez coupable de vouloir avoir le dernier mot sur tout, dis-je en souriant.

— Je suis percé à jour. Cela dit, vous êtes aussi très acharnée quand il s'agit de défendre vos opinions.

Je fis mine de ne pas voir que sa main s'était posée contre la mienne, sur la rambarde des escaliers. Je ne parvenais pas à détacher mon regard de ses yeux noisette. Esther apparut discrètement dans l'entrebâillement de la porte, ce qui mit un terme à notre échange. Je redescendis chez moi, déçue d'avoir dû interrompre notre conversation.

Comme à mon habitude, je passai un soir prendre des nouvelles de Léna et partager un thé. Elle me demanda, évidemment, ce que j'avais pensé de sa famille.

— Ta mère semble très gentille, en revanche, ton père est un peu… froid…

— Complètement inhumain. Tu peux le dire, j'en ai parfaitement conscience. Ce n'est pourtant qu'une carapace vis-à-vis de ceux qui ne le connaissent pas. Petite, j'étais très proche de lui. Il s'est durci avec le temps. Malgré tout, il reste très aimant envers nous. Il est juste très peu démonstratif. C'est avec Samuel qu'il est le plus en conflit.

— Justement, avec Esther, on ne peut pas dire que leur couple soit très harmonieux.

— Malheureusement, je m'échine à le répéter à Samuel. Elle n'est pas du tout la femme qui lui faudrait, mais quand mon frère s'engage dans quelque chose, c'est très difficile de le faire changer d'avis. En fait, c'est un mariage arrangé par mon père avec un de ses associés. Mon frère l'a accepté pour faire plaisir à notre père qui a été très déçu qu'il choisisse la médecine plutôt que le barreau. Très déçu est évidemment un euphémisme lorsque l'on parle de lui ! Ce couple n'est pas amoureux, ça se sent. Ça fait presqu'un an qu'ils sont fiancés. Le mariage doit avoir lieu en septembre prochain.

À ces mots, je me surpris à éprouver un mélange de déception et de jalousie. Je changeai donc de sujet :

— Je ne veux pas me montrer indiscrète, mais ton mariage aussi était arrangé ?

Loin d'être mal à l'aise, elle répondit à ma curiosité en souriant :

— Non, j'ai eu plus de chance que lui. J'étais libre de tomber amoureuse de qui je souhaitais, car ce n'est pas à moi que revient le privilège de perpétuer la lignée. Finalement, mon choix avait moins d'incidence pour mon père qui s'impatientait de ne pas avoir de petit-fils qui porte son nom. Je crois que si Esther avait son mot à dire, elle n'accepterait pas ce mariage. Elle a peur de s'opposer à son père qui pense faire au mieux pour sa fille. Et toi alors, tu n'as jamais été fiancée ?

— Pas vraiment. Je pensais être amoureuse avant de monter sur Paris, mais cette histoire est finie depuis longtemps. J'ai coupé les ponts avec tout ce qui représentait mon passé.

— Pourquoi as-tu tout quitté pour rejoindre ton père ?

— J'avais très peu vécu avec lui. Quand j'ai voulu poursuivre mes études sur Paris, j'ai pensé que c'était l'occasion. Ma grand-mère, qui l'a pris comme une trahison, m'a posé un ultimatum. Je suis restée ici, elle a décidé de ne plus me reparler. C'est aussi triste et simple que ça.

Pour la première fois, j'avais abordé avec quelqu'un d'autre que Nadine ma fuite sur Paris, même si je n'avais pas évoqué avec Héléna toutes les circonstances exactes de mon départ précipité. Ce n'est que quelques années plus tard que les hasards de la vie m'obligeraient à tout raconter.

La seule autre véritable confidente que j'avais dans ma vie était Nadine. Elle avait toujours été très maternelle et protectrice envers moi, malgré son air bourru. Elle savait me réconforter ou écouter mes états d'âme de jeune femme indépendante qui refusait tout compromis sur sa liberté. Ce fut donc naturellement vers elle que je me tournai pour parler de Samuel ainsi que du trouble que j'éprouvais en sa présence.

Selon elle, il ne faisait aucun doute que Cupidon m'avait touchée de plein fouet. J'étais plus sceptique, repoussant farouchement cette absurdité. L'idée même de me lier sentimentalement après mon échec d'adolescente provinciale m'avait conduite à la prudence. Par ailleurs, Samuel était fiancé, et son mariage était imminent. De mon point de vue, le chapitre était donc clos.

L'ironie du sort voulut que Samuel recroise mon chemin à la fin du mois de juin. Décidément, l'univers souhaitait de toute évidence m'envoyer un message. Un jour d'externat à l'hôpital, je me retrouvai nez à nez avec lui dans un couloir. Mon supérieur étant un de ses anciens camarades d'université, il lui avait demandé de venir ausculter un patient qui avait besoin d'un spécialiste.

Toute la matinée, j'évitais de le regarder, tant j'étais mal à l'aise. Après ce que m'avait dit Nadine, je craignais que mon visage ne trahisse immédiatement mon embarras. Si j'arrivais à échapper à ce genre de situations lorsque je le rencontrais dans l'immeuble, là, les choses étaient plus compliquées.

Samuel m'observait. Je sentais son regard sur moi. J'avais si peur que lui ou les autres ne perçoivent ma gêne que je me faisais la plus invisible possible. Il débuta l'examen avec un bref rappel de ce dont il pouvait s'agir. Il écouta ensuite le cœur du patient, tandis que le mien tentait d'attirer mon attention en battant à tout rompre. J'étais un peu distraite, tant j'essayais de me fondre dans le mur derrière moi, quand mon titulaire me rappela soudain à l'ordre :

— Mademoiselle Fournier ! Vous avez l'air tellement intéressée que vous allez venir écouter le cœur du patient également. Qu'observez-vous ?

Cramoisie de honte de m'être fait prendre de la sorte, je m'avançai entre les deux médecins, armée de mon stéthoscope. Je me penchai vers le patient qui m'envoya un regard compatissant. Je n'entendais rien d'anormal. Tous les yeux étaient braqués sur moi, et je n'entendais rien. J'hésitai entre simuler un malaise et partir en claquant la porte. Aucune solution n'était vraiment satisfaisante ni valorisante pour moi. Piégée, j'admis donc ne rien entendre.

Mon titulaire leva les yeux au ciel. Je l'autorisais par mon incompétence à penser que, décidément, les femmes n'étaient pas faites pour exercer la médecine. Samuel m'encouragea :

— Vous n'écoutez pas correctement. Fermez les yeux, dit-il en plaçant mon stéthoscope sur son torse. Écoutez mon cœur qui ne présente aucune anomalie. Soyez attentive au rythme. Maintenant, écoutez le cœur du patient. Toujours en fermant les yeux et en vous concentrant.

Malgré les soupirs d'exaspération de mon supérieur à mon encontre, j'entendais clairement l'anomalie cardiaque. Elle était là, subtile mais audible. C'était si évident. Je n'en revenais pas moi-même. Je m'écartai alors pour laisser les autres étudiants faire leurs constatations. Samuel m'adressa un sourire, réconfortant, encore. Une fois ce cas étudié, je quittai la salle d'examen rapidement pour poursuivre mes visites avant d'avoir à lui parler.

En fin de journée, je rentrai chez moi épuisée, me disant que tout cela ne ferait qu'ajouter de l'eau au moulin de Nadine. J'avais sûrement confirmé, également, l'image de godiche que devait se faire de moi Samuel.

# 4

Le 14 Juillet voyait se dérouler dans Paris quelques bals populaires où les gens venaient oublier le bruit des bottes allemandes qui se rapprochait dangereusement. Des camarades de cours m'avaient proposé d'aller danser un peu. Afin de faire mentir Nadine et me changer les idées, j'avais accepté.

Pour une fois, j'avais fait des efforts sur ma tenue. J'avais enfilé une robe à fleurs rouges qui soulignait parfaitement ma silhouette. Mes cheveux ondulés, aux légers reflets cuivrés, retenus par des barrettes de chaque côté de mon visage, effleuraient mes épaules.

Les rues étaient animées et joyeuses. Nous passâmes près d'un bal de quartier où nous décidâmes de rester un moment. Certains jeunes hommes avaient attiré l'attention de mes amies. J'avais la tête ailleurs, et, tandis qu'elles partaient danser avec leurs proies, je m'amusais à observer la foule. Soudain, je l'aperçus.

Samuel était là, avec deux amis. J'étais si étonnée que je ne tentai même pas de passer inaperçue. Ce fut ma première erreur. Il finit évidemment par me voir. Il me fixa, je détournai cependant les yeux, cherchant mes camarades du regard. Elles étaient toutes occupées. Il s'approcha, m'invita à aller sur la piste de danse. Je le suivis après avoir hésité un court instant. Il mit sa main droite sur ma taille, je glissai ma main dans la gauche. Nos corps n'avaient jamais été si proches, pour autant je n'étais pas mal à l'aise.

La musique était suffisamment lente pour que je puisse poser ma tête sur son épaule. Je sentais sa chemise de coton clair sous ma joue. À la fin du morceau, je relevai la tête, il plaça alors son visage contre ma tempe. Mon esprit se mit à s'agiter : j'étais en train de commettre ma deuxième erreur de la soirée. Je ne souhaitais vraiment pas me retrouver dans une situation inconfortable. Tout était trop compliqué. Je devais bien avouer que j'étais attirée par lui, dans le cas contraire, passer pour une idiote à ses yeux ne m'aurait pas autant dérangée. Malgré cela, je n'avais pas la moindre envie de faire entrer un homme dans ma vie, surtout pas un homme qui allait se marier prochainement avec une autre. Il ne me restait, par conséquent, que la fuite. Je devais me protéger. Dans tous les cas, j'en étais convaincue, si je restais, je finirais par être malheureuse ou déçue.

Je me dégageai brusquement de son étreinte en bredouillant une excuse. Je m'éloignai ensuite de la piste de danse. Il me rattrapa, saisissant doucement mon bras.

— Pourquoi partez-vous, Solange ? Vous semblez m'éviter ces temps-ci. Ai-je dit ou fait quelque chose qui vous a blessée ?

— Non, je suis juste fatiguée. Je vais rentrer.

— Attendez ! J'ai besoin de comprendre pourquoi vous m'évitez. Je tiens à vous, Solange. Je ne devrais pas vous le dire, pourtant, votre indifférence me trouble.

— Samuel… Je ne sais pas quoi vous répondre.

J'ignorais ce que je pouvais ajouter sans me prendre les pieds dans le tapis de mes propres mensonges. Car je lui mentais, et je me mentais. Il était évident que cet homme me plaisait plus que je ne voulais bien l'admettre. Je maudissais intérieurement Nadine de m'avoir mis de telles idioties en tête.

— J'ai dû me faire des idées alors. Je pensais que vous auriez pu éprouver la même chose que moi, dit-il en me tenant désormais les doigts.

— Vous ne vous faites pas d'idées. Si le contexte avait été différent… Dans d'autres circonstances, nous aurions probablement pu vivre quelque chose ensemble. Là, ça n'est pas possible.

— Je sais. J'y ai beaucoup pensé aussi. Juste pour ce soir, on pourrait faire comme si… comme s'il n'y avait que vous et moi… que toi et moi. Accordons-nous une parenthèse où nous ne penserions pas à demain.

Il avait raison. Je pris conscience à cet instant que, si je partais, je le regretterais. En passant quelques heures avec lui, je ne faisais de mal à personne. Sa main caressa ma joue, descendit le long de mon cou. Puis, pour la première fois, il m'embrassa. Tout paraissait soudain si naturel, si évident. Je ne comprenais pas comment j'avais pu me voiler la face aussi longtemps. La réalité pouvait encore attendre le lendemain.

Le jour se levait à peine. Par la fenêtre de la chambre de Samuel, je pouvais observer le ciel changer de couleur. De bleu foncé, il passait lentement à un bleu tendre qui présageait une journée d'été ensoleillée. Ma tête sur son épaule, j'étais allongée contre lui, dans son lit. Je remarquai alors une chaîne autour de son cou, ornée d'un pendentif.

— C'est une étoile de David. Tu es croyant ?

— Pas du tout. C'est sentimental. Je ne la retire jamais, j'ai bien trop peur de la perdre. C'est un cadeau de ma grand-mère. Elle me l'a offerte lorsque, enfant, je vivais chez elle, en Autriche.

— Tu as vécu en Autriche ? Ça explique tes préoccupations politiques. Tu es né là-bas aussi ?

— Non, je suis né en France. Quand j'avais un an, mes parents et moi étions partis rendre visite à la famille de mon père. La guerre a éclaté, nous sommes restés. Puis, ma mère est tombée enceinte de Léna, qui est née à Vienne. Ma grand-mère s'est alors beaucoup occupée de moi. Ces derniers temps, je suis très inquiet. Nous n'avons plus de nouvelles depuis que l'Allemagne a envahi le pays. Je suis sûr qu'il leur est arrivé quelque chose.

— Mais que veux-tu qu'il leur arrive ?

— Ma famille est juive, Solange.

— Et alors ? On ne s'en prend pas aux gens juste pour ça !

— Tu es naïve ! Bien sûr que ça suffit. Des réfugiés allemands, autrichiens, tchécoslovaques racontent des choses terribles. Des gens disparaissent.

— C'est insensé ! Les Allemands ne peuvent pas se débarrasser de toutes les personnes qui les gênent.

— J'aimerais que tu aies raison…

Après un silence, il saisit la fine croix que j'avais autour du cou.

— Toi aussi tu portes des signes religieux ?

— Comme ton étoile, c'est un objet sentimental. J'y tiens énormément, ce bijou appartenait à ma mère. Elle est morte en couches quand j'avais six ans. Ça et son piano, c'est tout ce qui me reste d'elle. J'en joue quand je veux penser à elle.

— Je ne savais pas que tu jouais du piano. J'aimerais bien t'entendre jouer, dit-il en effleurant de son pouce le bout de mes doigts.

— Ma grand-mère voulait que je fasse une carrière de pianiste. J'ai préféré la médecine. C'est son grand regret, pas le mien. Dans une autre vie, je t'aurais joué mes morceaux préférés, le soir, près du feu…

— Dans une autre vie, oui, ajouta-t-il d'un rire triste. Dans une autre vie…

Nous étions tous les deux conscients que ce moment hors du temps prendrait fin avec le lever du jour. Il me ramena à pied, en silence, jusque chez moi. Sur le chemin, nos mains ne s'étaient pas lâchées. Arrivés devant mon immeuble, il m'enlaça, puis m'embrassa. Il posa ensuite son front contre le mien. Je dus me faire violence pour prendre l'initiative de me dégager doucement de ses bras, sans oser plonger mes yeux dans les siens. Je me retournai et m'éloignai.

Au bout de quelques mètres, je m'immobilisai, sûre qu'il était encore là à me regarder partir. Je fis soudainement demi-tour afin de l'embrasser une dernière fois. Je m'enfuis ensuite pour de bon dans la cage d'escalier, avant qu'il n'ait eu le temps de me retenir. Les choses ne seraient plus aussi simples qu'avant. Nous étions d'accord sur le fait que, dorénavant, il valait mieux tenir nos distances. Cela me paraissait déjà insurmontable.

Anxieuse, je rentrai dans l'appartement. Je savais que mon père avait quitté la maison de bonne heure. Ce n'était pas lui que je redoutais de croiser. Nadine, venue plus tôt que d'ordinaire afin de profiter de la journée avec son petit-fils, en vacances chez elle, vint à ma rencontre. Elle ne me posa aucune question. Elle avait pourtant certainement remarqué mon absence à son arrivée. Elle m'invita à m'asseoir dans la cuisine, tandis qu'elle me servait une tasse de café. Bien qu'elle ne m'ait fait aucun commentaire, son regard sévère m'obligea à me justifier :

— J'étais avec Samuel.

— Je croyais que tu ne ressentais rien pour lui, dit-elle ironiquement.

— Je sais ce que je fais. Il n'y aura plus rien d'autre entre nous. Ne t'inquiète pas.

Après avoir tenté de cacher ses doutes un instant, elle s'exclama :

— Si je m'inquiète ! Évidemment que je m'inquiète ! Tu es persuadée de ne rien éprouver pour lui mais je te connais. Tu vas te faire souffrir !

— Il se marie dans deux mois. On ne se verra plus.

— Tu crois que ça rendra les choses plus faciles ? Tu te trompes ! On ne gère pas des sentiments comme on accorde un piano. Regarde-toi, tu as déjà les yeux qui se voilent rien qu'en entendant ça. Tu cours droit à la catastrophe, ma fille.

Tu ne pourras pas l'éviter indéfiniment. Alors, que feras-tu ? Fuir, encore ! Quand vas-tu te permettre d'être heureuse ?

— Je pensais que tu serais de mon côté, Nadine.

Soudain radoucie, elle s'approcha de moi.

— Je suis de ton côté, justement. Je ne veux pas te voir dépérir quand tu réaliseras que tu es malheureuse.

— Il est fiancé, et moi, je ne veux pas m'engager. Tout était clair depuis le départ.

— Pour ta tête oui, mais pour ton cœur, je n'en suis pas convaincue. Et pour lui, es-tu sûre que les choses soient aussi simples ? Dans quel guêpier t'es-tu fourrée ?

Elle sortit de la pièce en secouant la tête. Je réalisai alors que j'étais certainement la seule à ne pas avoir vu la porte de la cage se refermer sur moi. Je l'avais moi-même cadenassée. Je m'étais menti sur toute la ligne.

# 5

Il était évident que je n'allais pas parler de cet épisode à Léna. Je la voyais tout en faisant taire ma conscience qui me rappelait sans cesse que je lui cachais quelque chose. Elle m'avait questionnée, sentant que j'étais plus préoccupée que d'habitude. Elle me connaissait si bien désormais. Je lui avais donc menti en mettant tout cela sur le compte de la fatigue.

J'essayais d'occuper mon esprit le plus possible. Je ne voulais pas laisser le moindre espace dans mon quotidien qui aurait permis à la douleur de s'installer. Tout paraissait reprendre son cours. En apparence, seulement, j'étais redevenue la Solange d'avant. La journée, tant que j'étais occupée, je jouais mon rôle à la perfection. C'était le soir, lorsque, la tête vide, je m'allongeais dans mon lit, que cela devenait le plus difficile. Je me réveillais souvent les yeux rougis et enflés d'avoir pleuré dans mon sommeil.

Dès les premiers jours d'août, je reçus une lettre de Samuel ne comportant aucun cachet de la poste. Je demandai des explications à Nadine. Elle prit son air renfrogné coutumier.

— Il l'a déposée tout à l'heure. Il va aussi mal que toi, ma fille.

— Mais je vais bien ! Combien de fois devrai-je te le dire ? Brûle cette lettre, je ne veux pas savoir ce qu'elle contient.

— Si tu ne veux pas la lire, brûle-la toi-même !

Piquée au vif, je partis dans ma chambre, où je jetai la lettre sur mon bureau. Elle continuait pourtant à me narguer. Je l'enfermai dans un coffret en bois sombre qui traînait sur la commode, empilant quelques livres par-dessus. Je fixais cependant encore la boîte.

Afin d'occuper mon cerveau et mes mains, je décidai de jouer du piano. C'était l'un des seuls moments qui me vidaient la tête de toutes mes pensées. Je voyais le regard de Nadine sur moi qui me disait « Arrête de te mentir et admets qu'il te manque ». Je savais que l'admettre ne changerait rien. Nous n'aurions pas plus d'avenir si je reconnaissais qu'il me manquait à en crever, et que, finalement, je l'aimais. Cela me rendrait encore plus malheureuse. Il me fallait juste trouver un moyen de faire taire mon cœur.

Le lundi suivant, on sonna à la porte. Persuadée qu'il s'agissait de la concierge qui apportait le courrier, j'ouvris, sans me méfier. Samuel était devant moi. Nous nous regardâmes en silence quelques secondes. Son regard était intense et triste. Je l'interrogeai à mi-voix :

— Que fais-tu là ?

— J'ai besoin de te parler, Solange.

— On s'est déjà tout dit, non ?

— Regarde-moi dans les yeux, et ose me dire que tu n'es pas malheureuse de la situation. Parce que moi, je le suis.

Je détournai le regard, sentant ma volonté m'abandonner. Je ne pouvais pas flancher maintenant, après toutes ces semaines. Plus il s'approchait de moi, plus je reculais, consciente que j'aurais du mal à rester forte.

— Solange, le mariage avec Esther, la vie sans toi, ça n'est pas ce que je veux. Je veux cette autre vie, celle dans laquelle tu es près de moi, celle où je n'aurais pas hésité avant de te dire que je t'aime.

Il réussit à vaincre mes dernières résistances. Moi non plus, je ne pouvais plus envisager mon avenir sans lui. Jusque-là, j'avais refusé de m'avouer que je la voulais aussi, cette autre vie. Je finis par l'embrasser, tandis qu'il me prenait dans ses bras. J'avais l'impression que c'était toujours là que j'aurais dû me trouver. Je savais que la suite ne serait pas facile, toutefois, à cet instant, je n'avais aucune envie d'y penser. Je voulais juste être avec lui. Il choisit ce moment pour me dire :

— J'ai rompu hier mes fiançailles avec Esther ! Ne pas te voir toutes ces semaines m'a fait comprendre que toute une vie comme ça n'était pas acceptable.

En une phrase, il venait de changer le cours des choses. Je m'apprêtais à entrer dans une vie qui serait loin de l'existence tranquille et solitaire que j'avais imaginée.

Dans l'après-midi, nous étions au salon, enlacés sur le canapé. Il s'intéressa alors à mon piano.

— Tu me jouerais quelque chose ?

— J'espère que les fausses notes ne te feront pas fuir.

— Ne t'inquiète pas, je suis un piètre mélomane.

— Tu ne joues d'aucun instrument ?

— Non ! Je serais éventuellement capable de jouer du triangle, et encore, il y a peu de chance que ce soit en rythme…

— Formidable ! Il ne nous manque plus que soixante-dix-huit musiciens pour faire un orchestre symphonique !

Je m'installai au piano, placé le long des hautes fenêtres du salon. Je posai mes mains sur les touches. Je savais précisément ce que j'allais jouer. Pour la première fois depuis des années, je jouais pour quelqu'un d'autre que mon père ou Nadine. Depuis mon enfance, ma grand-mère avait l'habitude de me faire jouer après le dîner. Quand j'étais arrivée chez Charles, j'avais repris le même rituel, cependant la signification était différente. J'interprétais enfin des morceaux qui me correspondaient davantage. Mon père avait, pour un court instant, l'impression de réentendre ma mère. C'était notre moment avec elle.

Intimidée par la présence de Samuel, je fermai les yeux pour ne pas le voir m'observer. Soudain, je ne sentis plus les rayons du soleil qui, jusqu'alors, réchauffaient mon dos. Je ne saisis réellement qu'il était debout derrière moi que lorsqu'il caressa mes épaules de ses doigts. Il s'assit sur le banc à côté de moi, et chuchota :

— C'est très beau ce que tu joues. Je comprends que ta grand-mère ait été déçue que tu abandonnes la musique.

— Je croyais que tu n'y connaissais rien, dis-je en souriant.

Je m'arrêtai de jouer, posai ma tête contre son épaule.

— Tu passais des moments comme ça avec Esther ?

— Je crois n'avoir jamais été suffisamment seul avec elle pour partager ne serait-ce qu'une vraie conversation.

— C'est étrange d'accepter d'épouser une personne dont on ignore tout et pour qui on ne ressent rien. Comment a-t-elle pris ta décision ? Elle doit te haïr !

— Pas du tout ! Elle était si soulagée que je l'aurais mal pris dans d'autres circonstances. Nous avons discuté comme jamais nous ne l'avions fait jusqu'à présent. Je l'ai vue sous un nouveau jour. Elle aussi est amoureuse de quelqu'un d'autre, mais pour rien au monde elle n'aurait osé défier nos pères. Je lui ai rendu service finalement. Je prends toute la culpabilité à mon compte.

— Et avec ton père ?

— Je ne lui ai pas encore annoncé. Je redoute le pire. Il va sûrement me traiter de fils indigne, me renier. Et puis, ça lui passera. J'espère… C'est surtout pour ma mère que ça me peine.

Je ne savais pas quoi lui dire qui aurait pu le réconforter, tant j'étais moi-même convaincue qu'Isaac Feldstein n'avait pas fini de le maudire. Le moment venu, je savais qu'il apprendrait la vérité sur notre couple. Ce jour-là, je rejoindrais Samuel brûler en enfer. Je n'étais absolument pas le type de femmes que ce père souhaitait pour son fils. J'étais tout ce qu'il méprisait : j'allais, en toute logique, devenir médecin, moi, une femme ; sans être pauvre, je n'étais pas d'une famille établie ou influente ; et j'étais catholique, du moins sur le papier. Je ne sais pas ce qui était pire à ses yeux.

Une fois Samuel parti, je pris sa lettre que j'avais cachée dans mon coffret. Malgré la tentation, je ne l'avais pas encore lue.

*Paris, 4 août 1939*

*Solange,*

*Tu me manques. Tous les jours. Le temps passe et une seule chose s'impose à moi : je ne supporte plus que tu ne sois pas dans ma vie. Je pensais être assez raisonnable pour contrôler ce que j'éprouve pour toi depuis notre première rencontre... J'avais tort.*

*Je suis bien avec toi, Solange. Tu m'amuses par tes maladresses, ton opposition de principe permanente, ta façon de devenir écarlate quand tu es mal à l'aise. Tu ne cherches pas à ressembler à quelqu'un que tu n'es pas. Tu ne joues pas de rôle. Ton regard me touche, tes silences me troublent.*

*Je vais mettre un terme à mes fiançailles avec Esther. Ce n'est juste ni pour elle, ni pour nous. Elle ne mérite pas d'épouser un homme qui aime une autre femme. Je ne veux pas la rendre malheureuse. Toi non plus, je ne veux pas te rendre malheureuse.*

*J'ai cru que t'éviter était la solution. Ça n'a rien résolu, au contraire.*

*Dans cette autre vie, c'est toi que je vois. Juste toi.*

*Samuel*

Cette lettre m'émut aux larmes. Il tenait donc vraiment à moi. Je ne pouvais plus en douter. Il remettait sa vie en question pour être avec moi. De quelles autres preuves d'amour avais-je besoin ? Je rangeai la lettre dans la boîte. Ce n'était que la première d'une longue série.

# 6

Samuel et moi avions décidé de ne pas ébruiter notre relation. Nous voulions attendre que tout soit en ordre avec sa famille. Seule Nadine était dans la confidence. Elle s'était étonnée de ma soudaine bonne humeur. Après le souci qu'elle s'était fait à mon sujet, je trouvais normal de la rassurer en lui confiant la vérité. Elle se montrait ainsi presque aussi ravie que moi lors des rares fois où Samuel venait à la maison. Elle appréciait de voir la bonne influence qu'il avait sur moi. Elle constatait que je pouvais être enjouée, légère et, surtout, moins bornée.

Quant à Léna, elle avait également remarqué que j'étais moins morose que les semaines passées. Je lui avais alors juste avoué que j'avais rencontré quelqu'un, cette relation était cependant trop récente pour la rendre officielle. Elle fut surprise, néanmoins, elle était mon amie, elle respecta donc mon choix. Le principal pour elle était que je sois heureuse. En réalité, je ne me voyais pas annoncer à ma meilleure amie que j'avais un rôle à jouer dans l'éclatement de sa famille. Elle ne m'aurait sûrement pas jugée, pour autant, je tenais à la préserver d'une position délicate vis-à-vis de son père.

Samuel avait en effet annoncé à ses parents qu'il n'épouserait pas Esther. La réaction d'Isaac avait bien été aussi virulente que ce que nous imaginions. Il était extrêmement blessé de la décision de son fils. Sa fierté paraissait pour lui plus importante que l'amour qu'il portait à Samuel. Frère et sœur ne doutaient pas qu'il finirait toutefois par se calmer, et, sans pour autant perdre la face, revenir à de meilleurs sentiments. Il suffisait d'attendre en faisant le dos rond, le temps que l'orage passe. Par ailleurs, Samuel avait d'autres préoccupations. L'entrée en guerre de la France semblait imminente. Nous avions conscience que, lorsque cela se produirait, il serait mobilisé.

Le souvenir des vétérans de la Grande Guerre m'avait beaucoup marquée dans mon enfance. Mon grand-père soignait de nombreux soldats revenus blessés ou mutilés. Au moins, ceux-là étaient-ils revenus. Ce n'était pas le cas pour tous. Enfant, je passais tous les jours devant le monument aux morts sur le trajet de l'école. Chaque fois, je m'efforçais de lire au moins un des noms inscrits sur la stèle. Lorsque je quittai l'école primaire pour entrer au collège, je connaissais la liste des morts de notre petite ville par cœur.

Je redoutais donc beaucoup le départ de Samuel pour un conflit que nous espérions tous court et en notre faveur. Dès lors, nous profitions du temps qui nous restait encore ensemble en essayant d'oublier les menaces. Ces dernières semaines d'août 1939 furent, pour moi, contre toute attente, une période heureuse. Malgré cette épée de Damoclès au-dessus de nos têtes, les instants que je partageais enfin avec l'homme que j'aimais effaçaient tout le reste.

En septembre, la guerre était déclarée. Samuel fut mobilisé en tant que médecin de guerre. Au moins, cela lui éviterait peut-être de se retrouver au combat. La séparation sur le quai de la gare fut un déchirement. Je l'accompagnai jusqu'à son wagon. Il avait revêtu son uniforme, qui lui ressemblait si peu. Dans cet accoutrement impressionnant, j'avais le sentiment de découvrir un autre homme. Sa main tenait fermement la mienne, trahissant toute la nervosité qu'il n'osait pas exprimer.

Tout me semblait irréel. Des couples se serraient dans les bras en se disant au revoir ; des familles s'apprêtaient à vivre de longs mois loin des leurs. Pourtant, je ne percevais parmi cette foule ni défaitisme, ni enthousiasme. Samuel paraissait bien peu serein. Devinait-il ce qui nous attendait ? Il m'avait déjà parlé de la répression qui sévissait en Allemagne. Les lois de Nuremberg[1] et la Nuit de Cristal[2] n'avaient pas manqué de lui faire dire que, si l'Allemagne nazie remportait la guerre, ce serait une catastrophe pour notre liberté.

Avant de monter dans le train, il me donna une lettre, en me précisant que je ne devais l'ouvrir qu'une fois chez moi. Il me dit de veiller sur sa sœur, si inquiète, et qu'il m'écrirait aussi souvent que possible. Le train démarra. Je ne pus quitter le quai que lorsqu'il eut complètement disparu de ma vue.

Je rentrai, impatiente de lire ce qu'il m'avait remis. Je m'enfermai dans ma chambre, m'installai confortablement sur mon lit. En sortant la lettre, quelque chose de doré tomba. Je cherchai sur l'édredon, découvrant enfin ce qu'il m'avait laissé : sa chaîne ornée de son étoile de David qu'il ne quittait jamais. J'étais stupéfaite. Ce bijou représentait tant pour lui. Je m'empressai ensuite de lire sa lettre.

---

[1] Les lois de Nuremberg sont des textes adoptés par le Parlement allemand, à Nuremberg, à l'initiative d'Adolf Hitler, le 15 septembre 1935. Parmi celles-ci, la loi sur la citoyenneté du Reich et la loi sur la protection du sang et de l'honneur allemands permettent de poursuivre et d'accentuer le processus d'exclusion des Juifs de la société allemande, entamé dès avril 1933.

[2] La Nuit de Cristal est le pogrom contre les Juifs du Troisième Reich qui se déroule dans la nuit du 9 au 10 novembre 1938. Il est ordonné par Adolf Hitler et organisé par Joseph Goebbels.

*Paris, 3 septembre 1939*

*Ma Solange,*

*Je devine que tu es surprise de ce que tu as trouvé dans l'enveloppe. Que pouvais-je te laisser d'autre ?*

*J'aimerais te dire de ne pas avoir peur, mais je serais bien peu convaincant tant je suis moi-même inquiet. Certains, comme ton père, ont en mémoire la boucherie de la dernière guerre, et ils la redoutent. D'autres pensent que cela ne durera que quelques semaines, voire quelques mois. Je ne sais pas quoi en penser.*

*Tu sais comme je suis persuadé que l'Allemagne est un vrai danger qu'il faut combattre. Pourtant, j'ai peur, Solange, et pas seulement pour ma vie. Cette inquiétude est plus grande que nous, que nos existences. Ce conflit et ses tremblements nous dépassent.*

*J'espère avoir tort de croire que ce qui se prépare est terrifiant. Je me rassure en me disant que cette guerre ne sera qu'une parenthèse dans l'avenir qui nous attend, toi et moi, car nous avons vécu trop peu de choses ensemble pour que tout s'arrête là.*

*Sans cette menace, aurais-je osé tout remettre en question pour toi ? Je te regarde cette nuit, endormie pendant que je t'écris, et je sais que oui. J'aurais certainement pris davantage de temps, mais j'aurais fini par faire ce choix.*

*Je repense à ce jour d'avril dernier. Lorsque je suis arrivé chez Léna ce soir-là, Jacob m'avertit qu'il avait trouvé de l'aide auprès d'une étudiante en médecine. J'étais soulagé de savoir que ma sœur n'était pas seule. Cependant, je m'attendais à trouver avec elle une jeune fille inexpérimentée, perdue dans un rôle trop grand pour elle. Ce fut tout le contraire.*

*Le contraste entre ton innocence et ta force de caractère te rendait désarmante.*

*Après l'anniversaire d'Hannah, j'avais si peur que ta présence ne me devienne indispensable. Esther me paraissait tellement fade à côté de toi. Ce 14 Juillet a tout changé.*

*Tu m'as confié l'autre jour que j'avais troublé le calme de ta vie. C'est probablement en partie vrai. Tu ignores pourtant à quel point te rencontrer, ma Solange, a renversé la mienne.*

*Samuel*

J'étais bouleversée de ce qu'il m'avait écrit tout autant que de la peur que j'y percevais. J'imaginais, comme lui, que ce conflit ne serait qu'une parenthèse qui, une fois terminée, nous laisserait reprendre tranquillement le cours de notre histoire. Les mains tremblantes, je refermai la feuille que je glissai dans l'enveloppe. Je la rangeai ensuite, avec son étoile, dans la boîte qui contenait sa première lettre, afin de ne pas les perdre. Dans les semaines qui suivirent, je plaçais au fur et à mesure toutes ses lettres avec le reste de mon butin, dans le coffret. J'espérais que je n'aurais pas à leur trouver une plus grande boîte. Si elles devenaient trop nombreuses, cela signifierait malheureusement que notre séparation s'éternisait.

# 7

La vie quotidienne reprit tant bien que mal, rythmée par l'échange régulier de lettres entre Samuel et moi. Je continuais mes études, tout en passant mon temps libre avec Léna et les enfants. Je les emmenais souvent au jardin public de notre quartier. Lorsque j'étais avec eux, tout paraissait simple et léger. Je pouvais mettre de côté tous mes sujets d'inquiétude pour plonger avec soulagement dans un monde où la pire chose était d'avoir du sable dans les chaussures. J'adorais les voir jouer ensemble, se créer un univers imaginaire. J'étais toujours fascinée de constater que, quelle que soit la situation, même la plus dramatique, les enfants trouvaient de quoi s'amuser. Ils semblaient imperméables aux soucis que rencontraient les adultes.

Léna, pour sa part, était morte d'angoisse pour son frère. Je ne pouvais que partager ses sentiments, sans pour autant lui en parler ouvertement. Dans la précipitation des événements, Samuel et moi n'avions toujours pas osé officialiser notre couple. Elle savait néanmoins que l'homme que je fréquentais avait également été appelé sous les drapeaux. Cela justifiait, à ses yeux, ma préoccupation pour les combats et les nouvelles du front.

La fatigue commençait à m'atteindre. Certes, je dormais mal, cependant, rien n'expliquait ces accès de fatigue soudains qui me touchaient en pleine journée. Je ne compris ce qu'il en était réellement qu'un soir de la fin d'octobre. Léna avait décidé de faire le repas d'anniversaire de Jacob. Malgré toute sa bonne volonté, elle était une piètre cuisinière. Ayant vécu dans une famille où elle n'entrait dans la cuisine que pour demander une tasse de thé, les tâches ménagères lui étaient assez étrangères. Je lui avais donc suggéré de demander de l'aide à Nadine. Cette dernière avait un faible pour cette jeune femme qu'elle trouvait enjouée et pétillante. Elle avait accepté avec plaisir.

Ce fut donc dans la cuisine de Léna que nous nous retrouvâmes toutes les trois. J'évitais tout de même consciencieusement de participer à ces opérations à haut risque. Léon sur mes genoux, ses petits cheveux blonds et fins me caressant le visage, je regardais les deux cuisinières s'affairer.

Un plat mijotait tranquillement, dégageant une odeur que j'étais de toute évidence la seule à trouver suspecte, presque écœurante. Léna entreprit de casser des œufs. Sa technique étant très approximative, elle renversa une mare de blancs et de jaunes mêlés sur la table, dans laquelle Léon plongea joyeusement les mains. Ce geste fut fatal à mon estomac qui se retourna littéralement, m'obligeant à m'échapper dans la salle de bains, laissant mes amies décontenancées.

Lorsque je me passai de l'eau sur le visage, une vérité me sauta aux yeux. Cela ne faisait plus aucun doute. J'étais presque médecin et tous mes symptômes auraient pourtant dû me mettre la puce à l'oreille bien avant. J'étais si désemparée qu'il m'était impossible de retourner à la cuisine. Soucieuses de ne pas me voir réapparaître, mes deux confidentes me rejoignirent. Léna s'assit près de moi sur le rebord de la baignoire, avec Léon dans les bras, tandis que Nadine restait debout dans l'encadrement de la porte.

— Ça va mieux ? Qu'est-ce qui t'arrive ? Tu as attrapé quelque chose à l'hôpital ?

— Je crois surtout qu'elle a attrapé quelque chose qui fait grossir, ajouta Nadine de son air grincheux.

Consternée, je murmurai davantage pour moi-même que pour les autres :

— Je crois que je suis enceinte.

— Parle plus fort, Solange ! Avec Léon qui rit, je n'entends rien.

— Je crois que je suis enceinte…

Elles se regardèrent, puis Léna s'adressa calmement à moi en me caressant le bras :

— Ça n'est pas aussi terrible que tu le crois. Un bébé, c'est une bonne nouvelle, n'est-ce pas Nadine ? Tu n'as pas à te faire de souci. On est là, et si le père est quelqu'un de bien, il ne t'abandonnera pas. Nadine, vous l'avez peut-être déjà rencontré ? Il vous a semblé quelqu'un de bien ?

— Oui, il prendra ses responsabilités. Et il est très amoureux, tu en es consciente, ma fille ? me dit-elle avec un ton qui se voulait aussi réconfortant que convaincant.

— Tu vois ! Tout se passera bien. On peut se réjouir alors ! Un bébé ! Tu crois qu'il devrait naître quand ?

— Fin mai, je pense.

— Léon et lui n'auront qu'un an d'écart ! Ils seront forcément comme des frères.

Une fois de plus, Léna me prouvait à quel point elle était optimiste. J'essayai de suivre son exemple, tout en sachant que cela ne serait pas si simple. Je me demandais déjà comment j'allais annoncer cela à mon père. Il serait sûrement déçu de me voir compromettre ainsi mes études. Je préférais donc mettre ce souci de côté pour le moment, me disant que j'avais encore quelques semaines de sursis. De la même façon, je ne voyais aucune urgence à prévenir Samuel.

Je n'eus guère l'occasion de me préoccuper de cette grossesse très longtemps puisque, quelques jours après, mon père présenta une forte fièvre accompagnée de grosses difficultés respiratoires. Je diagnostiquai une pneumonie. Je fis tout de même venir notre médecin de famille qui confirma mes suspicions. Il présentait bien une pneumonie sévère. Je dus le veiller jour et nuit, tout en poursuivant mes études. La fatigue s'accrut, pourtant, je ne l'écoutais pas. Charles était si faible que je restais de longues heures à son chevet, inquiète de le voir si vulnérable.

Léna, tout comme Nadine, me relayait de temps en temps. Parfois, elle venait tout simplement me tenir compagnie. Elle était très investie dans mon état de future mère. Elle ne manquait pas une occasion de tapoter affectueusement mon ventre lorsqu'elle me disait bonjour. Un soir, elle me tendit un petit paquet, tandis que je la faisais rentrer dans l'appartement. Je l'ouvris sous son regard excité. C'était un petit bonnet blanc brodé, entouré de dentelle, qui avait appartenu à Hannah, puis à Léon. Elle l'avait elle-même cousu. La couture était bien la seule tâche domestique qu'elle affectionnait et dans laquelle elle excellait.

— Ça te plaît ? Il faut bien préparer son trousseau, à ce bébé ! Il ne peut pas vivre nu comme un ver. Je suis sûre que tu n'as même pas commencé à penser à ça !

Elle avait raison. Par manque de temps et par déni, je n'avais pas encore réalisé qu'il faudrait bientôt que je prépare ma vie, ma chambre et mon père à l'arrivée de cet enfant. Je faisais déjà preuve d'incompétence maternelle, j'en avais honte.

Un soir, fin novembre, je travaillais à mon bureau pour rattraper le retard que j'avais accumulé dans mes études. J'entendis Charles tomber dans sa chambre. Je m'y précipitai. Il était allongé sur le sol, incapable de se relever seul. Même si la maladie lui avait fait perdre beaucoup de poids, il restait lourd. Il me fallut mobiliser toutes mes forces afin de le remettre au lit.

Une fois mon père recouché, je repartis étudier dans ma chambre. En chemin, je ressentis une forte crampe au ventre à laquelle je n'attachai pas plus d'importance. Quelques heures plus tard, je décidai de me mettre enfin au lit. Je me levai, retirai mon gilet que je déposai sur ma chaise. Je vis immédiatement l'importante tache de sang sur l'assise. Sur le moment, je n'éprouvai aucune émotion particulière. Je pris une douche, nettoyai ma chaise, et mis ma robe à tremper dans le lavabo, espérant faire partir le sang. Comme tous les soirs, je mis la chaîne de Samuel autour du cou. Je me couchai ensuite, prévoyant dès le lendemain de demander son avis à une de mes camarades de médecine.

Au matin, je m'assurai que mon père serait veillé par Nadine, afin de me rendre dans mon service, où je demandai à une collègue dont j'étais assez proche de m'examiner. Pour elle, cela ne faisait aucun doute : j'avais fait une fausse couche. Elle me dit que c'était malheureusement courant à ce stade de la grossesse. Par ailleurs, avec mes études et mon père malade, je n'avais pas dû assez me ménager.

Je n'avais ni le temps ni l'énergie d'y consacrer plus d'intérêt. Je tentai donc de me convaincre qu'après tout je n'avais jamais voulu d'enfant. Devenir mère était tout en bas de la liste de mes priorités. J'avais conscience de l'engagement que représentait la responsabilité d'un autre être humain. Je savais que je n'en étais pas capable. De plus, la mort de ma mère, en couches, m'avait marquée au point de me persuader que j'aurais le même destin qu'elle. Tant de femmes mouraient encore en donnant la vie. J'étais sûre que si les hommes avaient dû mettre au monde les enfants, les conditions dans lesquelles les accouchements avaient lieu auraient été depuis longtemps améliorées.

Je craignais davantage la réaction de Léna qui serait probablement plus déçue que moi. Le positif que je tirais de tout cela était que je n'aurais à annoncer cette grossesse à personne d'autre. Ce fut la seule chose qui me vint à l'esprit alors. En rentrant à la maison, je me souvins avec horreur que j'avais laissé ma robe dans le lavabo. J'espérais que Nadine ne l'aurait pas trouvée.

Je la croisai dans l'entrée, comprenant à son regard bleu acier qu'elle avait découvert la robe. Elle ne prononça pas un mot. Elle me prit dans ses bras, longtemps, suffisamment longtemps pour que je m'autorise enfin à pleurer. Je ne pensais pas y avoir cru pourtant. Mais, malgré moi, je l'avais un peu imaginé. Il aurait eu les cheveux aux reflets dorés de son père, et peut-être mes yeux clairs. Je devais faire le deuil d'un petit être qui n'avait finalement existé que dans mon imaginaire et celui des deux femmes qui partageaient mon secret.

Le soir même, Léna passa prendre des nouvelles de mon père. Elle voulut, comme à son habitude, toucher mon ventre. Je retins sa main avant qu'elle ne m'atteigne. Elle comprit aussitôt. J'allai chercher le bonnet brodé dans ma chambre. Lorsque je lui tendis, elle refusa de le reprendre prétextant que je devais le garder pour le prochain. Décidément, sa foi en l'avenir était sans faille. Je lui fis promettre de ne plus en reparler. Nous n'en reparlâmes jamais.

Avant de me coucher, je déposai le petit bonnet dans le coffret, avec les lettres, et pris la médaille de Samuel. Ce serait la seule trace que j'aurais jamais de cet enfant, elle était précieuse. Je la mettais donc en sécurité.

# 8

Décembre 1939 arriva et, avec, le manque de ceux qui étaient retenus loin de nous. La guerre n'avait pas encore connu d'issue. Nos troupes étaient toujours mobilisées, restant docilement derrière la ligne Maginot. L'état de mon père, qui avait connu un léger mieux, s'était de nouveau détérioré. Il ne semblait pas vouloir se battre.

Le soir du réveillon, Charles et moi étions installés au salon : lui sur le canapé, blotti dans une couverture, moi, au piano, pour lui jouer ses morceaux préférés. Il finit par s'endormir, me laissant seule à la lueur des bougies et de la cheminée. Je sortis, la nuit était froide. Je soufflais sur mes doigts pour les réchauffer un peu en me recroquevillant dans mon manteau. Les rares personnes que je croisais se dirigeaient vers l'église pour la messe de minuit. J'hésitai, d'abord, puis je me surpris à les suivre. Je fis un pas dans la nef, mais je ressortis aussitôt. Cela faisait trop longtemps que Dieu m'avait abandonnée. Ou peut-être était-ce moi qui l'avait repoussé. Il ne faisait plus partie de ma vie depuis tant d'années, je ne pouvais concevoir de lui laisser une deuxième chance.

En janvier 40, l'état de mon père m'inquiétait encore davantage. Dorénavant, il ne quittait que rarement son lit. Je ne m'expliquais pas la dégradation physique de cet homme si solide. Sa vie glissait entre ses mains comme du sable, et rien ne semblait pouvoir l'arrêter. J'aurais voulu qu'il lutte, qu'il ne me laisse pas seule. J'avais encore besoin de lui, même si, le plus souvent, notre relation demeurait superficielle. Avoir été des étrangers l'un pour l'autre pendant autant de temps avait empêché qu'un véritable lien ait existé entre nous. Nous ne nous connaissions pas si bien finalement.

J'étais revenue dans sa vie du jour au lendemain. Il avait à peine eu le temps de s'habituer au fait que sa fille était devenue quasiment adulte. Il pensait que je serais toujours une petite fille, il ne m'avait pas vue grandir. Les quelques semaines par an que nous passions ensemble ne suffisaient pas à lui faire prendre conscience du temps qui s'écoulait.

Un jour où il n'était pas trop fatigué, il eut subitement envie de se confier. Pour la première fois, une vraie discussion s'engageait entre nous.

— Solange, ma chérie, nous devrions parler un peu. Nous n'avons pas eu assez l'habitude de le faire. Viens près de moi, me dit-il en tapotant le bord de son lit.

Je m'installai à côté de lui. Il posa sa main vieillie et noueuse sur la mienne. Il me paraissait avoir pris trente ans en quelques semaines. Je réalisai que ses cheveux étaient devenus blancs et que de profondes rides marquaient désormais son visage. Il n'avait alors que cinquante ans, cependant on aurait pu lui en donner quatre-vingts.

— Nous discutons très souvent, papa.

— C'est vrai que l'on parle, mais, de politique, de littérature, de musique, jamais vraiment de nous, de toi. Nous n'avons jamais de conversations plus personnelles en somme. Je sais que je n'ai pas été le père dont tu avais besoin.

— Tu as fait du mieux que tu as pu. Je ne te reproche rien.

— Tu devrais pourtant. J'ai cherché à t'éloigner à tout prix. J'avais tellement de chagrin à la mort de ta mère, et tu lui ressemblais tant. Ça m'était insupportable. Je n'avais pas la force de m'occuper de toi.

— Tu as fait ce que tu croyais être bien pour moi.

— Je l'ai fait pour moi, pas pour toi. Tu as le droit de m'en vouloir. Toi aussi tu avais perdu quelqu'un que tu aimais.

Il reprit un peu son souffle avant de poursuivre :

— J'ai aussi besoin d'être sûr que tu ne resteras pas seule. Promets-moi que tu ne feras pas comme moi. Il faudra que tu trouves quelqu'un pour partager ta vie. Une vie sans amour est incomplète. Les années avec ta mère ont été les plus belles à mes yeux.

— J'ai rencontré quelqu'un, rassure-toi.

— C'est ce garçon ? Celui qui te faisait tant pleurer la nuit, cet été ? Ce n'est pas parce que je ne disais rien, que je ne voyais pas que tu souffrais…

J'étais sidérée de sa clairvoyance. Il avait toujours pris grand soin de respecter mon intimité.

— C'est lui. Papa, je crois… que… c'est le seul avec qui je pourrais envisager de partager ma vie, réalisai-je soudain.

— Je te souhaite de connaître le même bonheur que j'ai eu avec ta mère. Depuis qu'elle n'est plus là, il manque un souffle à ma vie. Peut-être que si je t'avais gardée près de moi, l'existence ne m'aurait pas paru si vide. Tu es ce qu'elle m'a laissé de plus précieux, je n'ai pas su le voir.

— Je suis là maintenant. Nous rattraperons les années perdues. Nous avons tout le temps. Repose-toi. Tu dois reprendre des forces.

— Une dernière chose encore. J'ai toujours été fier de toi, tu sais. Je suis si fier de voir quelle femme tu es devenue. Ta mère aussi serait fière.

— Merci de me le dire, papa. Dors un peu.

Il s'assoupit doucement pendant que je lui caressais la main. Il avait l'air paisible. S'il ne décidait pas de se battre, il ne pourrait pas aller mieux. Son corps lâchait. Si sa volonté flanchait à son tour, il n'y survivrait pas.

# 9

Un matin de la semaine suivante, alors que je m'assurai que je pouvais partir étudier l'esprit tranquille, je trouvai mon père encore endormi dans son lit. Les traits de son visage étaient détendus. Il semblait enfin serein après tous ces jours de léthargie. Je m'approchai. Je n'eus pas besoin de sentir son pouls pour savoir que son cœur ne battait plus. La maladie et le chagrin venaient de remporter cette dernière bataille.

Je réalisais avec regret que nous n'avions pas beaucoup fait partie de la vie de l'autre durant plus de dix ans. Ces dernières semaines, cependant, j'avais découvert un homme discret, observateur, concerné sans pour autant être envahissant, et finalement aimant. Je n'avais jamais douté du fait qu'il ait tenu à moi, je regrettais seulement qu'il ne m'ait pas accordé davantage de place auprès de lui.

Il s'était laissé mourir d'amour. Ma présence n'avait pas suffi, elle n'avait jamais suffi. Depuis la mort de ma mère, il n'avait donné la place à personne dans son deuil. Il vivait dans un mausolée, rempli des affaires de sa femme : son piano, ses photos, et même ses vêtements qui étaient encore rangés dans l'armoire. Il ne serait malgré tout pas enterré près d'elle.

Étrangement, il avait cédé à la demande de mes grands-parents de faire inhumer à Saint-Amont sa femme et ma petite sœur, qui n'avait vécu que quelques jours. Il n'était pas attaché à ce genre de cultes. Pour lui, ce n'était pas ce qui comptait le plus. Il gardait leurs souvenirs, ses affaires, son décor, par conséquent, sa dépouille lui importait peu. Égoïstement, j'aimais penser qu'il l'avait fait pour moi aussi, afin que je puisse emmener au moins ma mère avec moi en le quittant. Tous les dimanches après la messe, ma grand-mère et moi allions déposer des fleurs au cimetière. Parfois, après l'école, j'y passais seule pour lui parler.

Je ne pleurai pas la mort de mon père. Au début, les larmes m'étaient montées aux yeux. Je m'étais pourtant vite ressaisie, sachant que, si je laissais ces vannes s'ouvrir, ce serait toute mon enfance que je pleurerais. Je n'étais pas prête. Léna s'en inquiéta. Elle me trouvait trop impassible. Je voyais en fait tout cela de l'extérieur. J'avais l'impression d'évoluer dans un mauvais rêve dont on sait qu'on va se réveiller, et qu'il n'est donc pas nécessaire de prendre trop à cœur.

À l'église, assise sur le banc au premier rang, j'entendais le prêtre parler, ses paroles restaient toutefois indistinctes. Puis, je me levai, aspergeai mécaniquement le cercueil d'eau bénite avec un signe de croix qui me sembla étonnement familier. Ensuite, il fallut suivre le cercueil jusqu'au cimetière pour la mise en terre. Les gens défilèrent pour me dire quelques mots de condoléances. Je ne vis aucun visage, aucun mot ne me toucha, ces mains qui serraient la mienne se ressemblaient toutes. Une fois tout le monde parti, je voulus rester un peu. Nadine et Léna m'encadraient de leurs bras, comme si elles redoutaient que je ne m'écroule. Soudain, la voix de Nadine prononça doucement mon prénom dans le silence du cimetière.

Je la regardai elle, d'abord, puis suivis son regard. Il se tenait là, dans son uniforme, à cinq ou six mètres de moi. Il faisait si froid que je voyais la vapeur que formait sa respiration. Je ne réfléchis pas. Je courus me jeter dans les bras de Samuel. Le contact avec son corps eut sur moi un effet libérateur. Mes émotions se réveillèrent d'un coup, et toutes les larmes que je retenais jusqu'alors surgirent. Tout se mélangeait : ce n'était pas seulement la jeune femme de vingt-trois ans qui pleurait, c'était aussi la petite fille de six ans qui venait de perdre ses parents et qui se retrouvait seule au monde.

Léna passa près de nous, me caressa le dos. Elle embrassa son frère en lui ordonnant gentiment de prendre soin de moi. Nadine la suivit, dégagea mes cheveux collés sur ma joue par les larmes, et pressa le bras de Samuel. Elles quittèrent le cimetière, tandis que nous restions là, tous les deux, le temps que mes sanglots se calment.

À la maison, Samuel me servit du café, et se cala près de moi dans le canapé, devant le feu qu'il avait fait.

— Tu dois te reposer, tu as l'air épuisée.

— Je n'ai pas sommeil.

Après un silence, je lui demandai :

— Qui t'a prévenu ?

— Léna. Elle m'a envoyé un télégramme m'apprenant la mort de ton père. Elle me demandait de venir car tu aurais besoin de moi. Elle se faisait du souci pour toi.

— Elle a appris pour nous alors… Elle ne m'en a pas parlé…

— Je ne lui avais rien dit. Je ne sais pas comment elle l'a découvert. Je verrai ça avec elle plus tard.

— Tu repars quand ?

— Ma permission se termine demain. N'y pense pas pour l'instant.

Je regardais les flammes en pensant à mes parents, les doigts de Samuel entrelacés avec les miens.

— Tu sais, il s'est laissé mourir. Je n'ai pas su le convaincre de se battre.

— Tu ne pouvais pas l'aider, il avait renoncé depuis longtemps. Tu lui as donné un peu de sursis en venant vivre avec lui, mais il n'avait plus la volonté de continuer.

— Pourquoi certaines personnes s'effondrent et d'autres se relèvent ?

— Quand on perd la personne qu'on aime le plus au monde, on réagit tous de manière particulière. Ça ne veut pas dire qu'on aime moins, on a juste une façon différente de faire face. Ton père a sombré.

— Je crois que je m'écroulerais aussi.

— Toi ?! Tu es sensible, je le sais, mais tu es solide aussi. Bien sûr que tu serais bouleversée, je suis pourtant convaincu que tu te relèverais. Tu n'imagines pas la force de vie que tu as en toi. Tu crois que tu en serais là où tu es aujourd'hui si tu n'avais pas eu ce caractère ? Et cet été, souviens-toi de l'énergie que tu as déployée pour me rejeter, dit-il avec une pointe de moquerie. La survie est plus puissante que la résignation chez toi. Tu choisiras toujours cette voie.

Je finis par m'endormir sur le canapé. Lorsque j'ouvris les yeux, le jour allait se lever. Samuel, près de moi, me chuchota :

— Ma Solange, je vais devoir y aller. Je suis passé voir Léna. Elle t'attend tout à l'heure. Je ne veux pas que tu sois seule aujourd'hui. Et tu dois manger aussi. Tu as perdu tant de poids, tu risques de tomber malade à ton tour.

— Tu ne peux vraiment pas rester ?

— Tu sais bien que j'aimerais. C'est impossible.

— Léna est fâchée contre moi, j'en suis sûre. Je ne peux pas l'affronter aujourd'hui.

— Elle ne t'en veut pas de ne lui avoir rien dit. Elle est juste curieuse de savoir pourquoi. J'ai lâchement dit que tu verrais ça avec elle !

— Et c'est sur des gens comme toi que repose la sécurité du pays. Je ne suis pas optimiste quant à l'issue de la guerre, dis-je avec ironie.

Puis, il redevint sérieux. Je crus un instant qu'il allait m'annoncer une terrible nouvelle. Il prit mes mains dans les siennes sans oser me regarder.

— Solange, épouse-moi ! Je sais que le moment est mal choisi, mais j'y pense depuis longtemps.

Je ne pouvais qu'accepter. Il me sourit, m'embrassa, caressa ma joue et enfila son manteau. Nous nous dîmes au revoir sur le pas de la porte. Il me promit qu'il essaierait d'avoir une nouvelle permission bientôt, cependant il ne pouvait jurer de rien. Je me retrouvai seule, encore. Je décidai finalement d'affronter Léna. Je n'allais pas repousser cela indéfiniment.

Quand j'arrivai chez elle, j'embrassai les enfants. Ils étaient une telle source d'amour et de réconfort. Léna nous regardait, elle savourait son moment. Elle savait pertinemment que j'étais morte de honte de lui avoir caché ma relation avec Samuel.

— Je suis désolée, Léna. Tu m'en veux ?

— Je t'en ai voulu au début, surtout parce que nous aurions pu nous soutenir davantage. J'étais triste aussi que tu me penses incapable de comprendre la situation.

— J'ai si souvent voulu te le dire. Je n'ai pas osé, je me sentais tellement coupable. Comment l'as-tu découvert ?

— Je crois qu'au fond, je l'ai su bien avant que vous ne réalisiez que vous étiez faits pour être ensemble. Je vous avais observés à l'anniversaire d'Hannah. Ça ne faisait de doute que pour vous. Je n'avais jamais vu Samuel comme ça avec Esther. Quant à toi, tu étais si lumineuse lorsque tu étais avec lui. J'ai été déçue que ni l'un ni l'autre ne me reparle de cette rencontre. Et puis, tu connais madame Perrier ! Elle est aussi avide de ragots que Nadine. Elle s'est donc empressée de m'informer que tu recevais beaucoup de lettres de mon frère. C'est le problème lorsque des concierges trop zélés distribuent le courrier. J'ai respecté votre choix et votre discrétion jusqu'au décès de Charles. Là, je n'ai pas hésité à envoyer un télégramme à Samuel. Son soutien t'était plus nécessaire que votre secret.

— Je te remercie de l'avoir fait venir. Avant de le voir, je n'avais pas réalisé combien j'avais besoin qu'il soit là.

— Tu peux effectivement me remercier car, pour être sûre que je ne me trompais pas, j'ai dû affronter Nadine. Cette femme, si prompte à répandre des potins, est un véritable chien de garde quand il s'agit de toi. J'ai dû user de tous mes arguments et de toutes mes hypothèses pour obtenir une confirmation. Tu as de la chance de l'avoir auprès de toi.

— J'en ai bien conscience.

— Et viens manger quelque chose ! Tu as la peau sur les os. Depuis combien de temps n'as-tu pas fait un vrai repas ?

J'avais enterré mon père la veille, cependant Léna ne me laissait pas le temps de me lamenter.

Quelques jours plus tard, en rangeant les vêtements de Charles, je trouvai la robe de mariée de ma mère. Enveloppée de papier de soie, elle était conservée dans une boîte en carton, au fond d'une armoire. Je la dépliai et l'enfilai. J'étais ridicule. La robe baillait sur la poitrine sans pour autant fermer à la taille, sûrement parce que ma mère portait un corset.

En me regardant dans le miroir, je fus frappée par un détail : je voyais largement mes chevilles, alors que la robe était censée toucher le sol. Ma mère était plus petite que moi ! Cela me surprit, toutefois, il était vrai que je continuais à la voir avec les yeux de la fillette que j'étais à sa mort. Dans mon esprit, elle serait toujours plus grande que moi, or, elle avait bien dix centimètres de moins.

Je réalisai alors qu'un jour, je serais plus vieille qu'elle. Maman aurait pour toujours trente ans. Quelle étrange sensation de se dire que l'on sera un jour plus vieux que ses parents ! Je retirai la robe, la rangeai, et l'enterrai sous une pile de fatras pour ne plus risquer de tomber sur elle. Il était temps de les laisser partir : l'adulte que j'étais fit ainsi ses adieux à ses parents.

# 10

La situation militaire avait peu évolué jusqu'alors. Cependant, en avril 1940, les choses s'accélérèrent. Les Allemands décidèrent d'envahir, entre autres, le Danemark et la Belgique. En mai, ils franchirent la Meuse, provoquant notamment un exode massif des populations locales apeurées. Lorsqu'ils s'approchèrent de l'Île de France, je fis partie de ceux qui choisirent de rester. J'estimais trop dangereux de quitter Paris pour me lancer sur les routes où les avions ennemis mitraillaient les interminables colonnes de civils.

Nous ignorions alors où se trouvait exactement Samuel. Je ne l'appris que lorsque Léna m'annonça que l'hôpital de campagne où il était affecté avait été détruit et qu'il avait été blessé. Sa vie n'était pas en jeu, néanmoins ses blessures étaient suffisamment sérieuses pour qu'il soit envoyé dans un hôpital hors de la zone de conflit. Avec de la chance, il n'aurait pas à retourner rapidement sur le terrain.

Isaac, toujours officiellement fâché avec son fils, fit tout de même jouer ses relations, à la demande d'Antoinette, afin qu'il soit transféré dans un hôpital militaire parisien. J'étais donc à la fois inquiète pour son état de santé, et soulagée de le savoir à l'abri des combats. De plus, son retour sur Paris me permit de lui rendre visite aussitôt.

J'arrivai dans une grande salle où de nombreux soldats blessés étaient rassemblés. Samuel était au fond, allongé, le bras et la jambe gauches bandés. Son visage était encore couvert de plaies légères. Il me sourit dès qu'il m'aperçut.

— Tu te rends compte de ce qu'il faut que je fasse pour que tu viennes me voir ?

— Tu nous as fait peur ! Ne plaisante pas avec ça.

— Tu vas être rassurée de savoir que je ne repartirai pas de sitôt. Ma jambe est bien amochée, ça prendra du temps pour qu'elle soit complètement guérie.

Je tentai de donner un ton plus léger à notre conversation :

— Avoue ! Tu l'as fait exprès pour te débiner !

— Je ne pourrais décidément jamais rien te cacher. Il faut que je sois mourant pour que tu viennes m'embrasser ?

Je lui caressai affectueusement les cheveux. Ils avaient poussé pendant toutes ces semaines. Même avec ses blessures au visage, il restait beau. Puis, je me penchai vers lui et embrassai ses lèvres timidement, gênée par le nombre de personnes qui nous entouraient.

Sa mère était à son chevet quotidiennement. Il avait profité d'un de ces moments avec elle pour lui apprendre notre projet de mariage. S'il n'entra pas dans les détails, je savais que ses parents, du moins son père, n'approuvaient pas du tout son choix. J'évitais donc lâchement de la croiser lors de mes visites, en ne venant que le soir après mes cours.

Jusque-là, j'avais été assez prudente pour ne pas tomber sur Antoinette. Isaac, quant à lui, n'avait jamais fait l'effort de se déplacer. Léna était persuadée qu'il était tout aussi inquiet que nous, que sa fierté l'empêchait toutefois de le reconnaître ouvertement. Pourtant, un soir, alors que je quittais la chambre de Samuel, je fus saisie par un éclat de voix familière dans mon dos. Je fis volte-face. Isaac se tenait là, au milieu du couloir, dans son costume bien coupé, une cigarette à la main.

— Alors, c'est vous qui avez retourné la tête de mon fils ! Vous avez réussi à lui mettre le grappin dessus.

— Le grappin dessus ? Vous êtes sérieux ? Vous faites peut-être peur à vos adversaires au tribunal ou à votre famille, qui ne bouge pas une oreille quand vous poussez vos cris de bête sauvage blessée, mais moi, vous ne m'impressionnez pas. Si vous aviez pensé un peu plus à votre fils qu'à vos propres intérêts, il n'aurait pas rué dans les brancards.

J'étais moi-même stupéfaite de mon aplomb. Jamais je ne me serais crue capable d'affronter ce genre de personnage. Après toutes ces tensions et angoisses accumulées, son intervention injustifiée et méprisante était cependant la goutte d'eau qui faisait déborder le vase. Il ne fut en rien déstabilisé par mes propos.

— Mon fils mérite mieux que ce que vous pouvez lui apporter. Si vous l'aimez réellement, laissez-le avoir la vie à laquelle il est en droit de prétendre, avec des gens de son milieu.

— Il est là, en fait, le vrai problème à vos yeux ! Vous pensez que tout n'est qu'une question de milieu social, d'argent ou de religion ?!

— Les unions qui fonctionnent le mieux sont celles qui sont fondées sur la raison et pas sur les sentiments. Je me suis toujours battu pour offrir à mes enfants un bel avenir. Ne venez pas tout gâcher pour une passade ridicule. Quelques mois suffiront pour qu'il vous oublie si vous le laissez enfin tranquille.

— C'est avec votre fils que vous devriez avoir cette conversation, pas avec moi. Mais peut-être craignez-vous qu'il ne soit pas d'accord avec vous ? Vous préférez faire peur aux autres, pourtant, ce n'est pas comme ça que vous vous assurerez que les personnes que vous aimez ne vous quitteront pas.

Je l'abandonnai là, dans ce couloir froid et sombre. Mes pas résonnaient sur le sol en marbre aussi fort que mon cœur battait d'avoir tenu tête à cet homme qui ne savait décidément pas s'y prendre avec les autres êtres humains.

# 11

En juin 1940, l'Allemagne envahit la France, obligeant le gouvernement français à demander l'armistice. Samuel était libéré de ses obligations militaires. En convalescence, il pouvait quitter l'hôpital. Je lui proposai donc de venir vivre dans mon appartement afin de veiller au mieux à son rétablissement.

Sa mère, qui aurait préféré l'accueillir chez elle, décida de s'occuper de lui quelque temps durant mes journées à l'hôpital. Le premier jour, elle arriva juste avant que je ne parte. J'étais très intimidée de voir cette femme élégante circuler à l'intérieur de mon appartement en désordre. Samuel, assommé par ses médicaments, somnolait dans la chambre. Elle s'y rendit immédiatement, s'assit sur une chaise près de lui, et le regarda dormir. Je m'apprêtais à les laisser quand elle me dit :

— Vous savez, il a beau avoir vingt-sept ans, je suis encore inquiète pour lui, comme s'il était toujours un petit garçon.

— J'imagine que l'on n'arrête jamais de se faire du souci pour ses enfants.

— Il vous a raconté ce qui lui avait donné envie d'être médecin ?

— Non, pas précisément.

— Lorsque j'attendais Léna, j'ai dû rester alitée plusieurs mois. Du haut de ses quatre ans, il prenait soin de moi comme un vrai petit infirmier. Il était si mignon ! C'est là qu'il a décidé de soigner les autres quand il serait grand. Aujourd'hui, c'est à mon tour de veiller sur lui.

— Il sera content de vous voir en se réveillant.

Je l'observai couver son fils des yeux. Est-ce que ma mère me regardait ainsi lorsque j'étais petite ? Je l'enviai alors d'avoir encore, contrairement à moi, une famille à laquelle se raccrocher. Je trouvais si dommage que des tensions absurdes persistent entre eux. Je m'éloignai ensuite en silence.

La France était désormais coupée en deux. Les Allemands occupaient Paris et une très grande partie du pays, ce qui n'était pas sans alimenter la plupart de nos discussions. Samuel comme moi ne supportions pas de voir les troupes ennemies défiler dans la capitale. Même les panneaux étaient rédigés dans la langue de Goethe. Nous ne pouvions échapper à l'occupant.

— Je ne supporte pas de voir notre pays occupé. On ne peut pas accepter ça, me dit-il exaspéré.

— Que veux-tu qu'on y fasse ? On ne va pas changer la situation, comme ça, tout seuls !

— On ne doit pourtant pas être seuls à trouver cette situation inacceptable… Je devrais aller voir Robert Carrière. Tu sais, mon ami qui travaillait parfois avec moi à l'hôpital ? Lui aussi y a sûrement réfléchi.

— Tu ne peux pas aller jusque là-bas dans ton état. J'irai pour toi.

Je me rendis le lendemain à l'hôpital où je trouvai rapidement Robert. Un peu plus vieux que Samuel, il avait de prime abord un air un peu rustre. Il n'était pas très grand, mais avait une silhouette très athlétique. Je me présentai :

— Docteur Carrière ? Je suis Solange Fournier, c'est Samuel qui m'envoie. Il ne peut pas se déplacer alors il m'a demandé de venir vous parler moi-même.

— J'ai su qu'il avait été blessé. Comment va-t-il ?

— Il va mieux. Il a quitté l'hôpital, pour autant sa jambe l'oblige encore à se reposer. C'est une question de semaines pour qu'il retrouve toute sa mobilité. Mais ce n'est pas pour son état physique que je suis ici. Il a du mal à tolérer l'occupation allemande.

— Qui le pourrait ? Même si, de toute évidence, certains s'en accommodent très bien, ajouta-t-il à voix basse en jetant un regard discret à un de ses confrères qui se tenait non loin. Sortons pour pouvoir discuter plus librement.

Une fois dehors, son ton devint plus déterminé. Il se montra curieux de ce que j'avais à lui dire :

— Qu'envisage Samuel ?

— Je ne sais pas exactement. En revanche, je sais qu'il est hors de question pour lui d'attendre tranquillement que les Allemands s'installent chez nous et y appliquent la même politique que chez eux. Vous pourriez passer le voir ?

— Bien sûr, bien sûr ! Nous sommes quelques-uns à nous organiser. Nous avons besoin d'être plus nombreux. Restez discrète tout de même. Tout le monde, malheureusement, n'a pas conscience du danger que constitue la présence allemande. Dites-lui que j'essaierai de passer au plus tôt.

Lorsque je rentrai un soir, je trouvai les deux acolytes assis à la table de la salle à manger, engagés dans une discussion animée. Mon arrivée mit clairement fin à une conversation que je ne devais pas entendre.

— Voilà ta jeune fiancée, Samuel ! Bonsoir, Solange ! Je vais vous laisser.

— Bonsoir, Robert ! Je vois que vous n'avez pas perdu de temps pour créer votre organisation secrète réservée aux hommes, dis-je en faisant mine d'être vexée.

— Vous vous trompez, jeune demoiselle ! Les femmes sont les bienvenues. Elles doivent juste savoir où est leur place et rester dans l'ombre des mâles dominants que nous sommes…

Comprenant qu'il entrait dans mon jeu, je ne pus réprimer un sourire. Venant d'un autre, j'aurais sûrement mal pris cette remarque. Cependant, Robert l'avait dit d'une telle façon qu'il était évident qu'il n'en pensait pas un mot, que son humour reposait pour une bonne part sur la provocation. Les deux hommes échangèrent un rire complice. J'étais contente de voir Samuel recommencer à plaisanter, même s'il le faisait un peu à mes dépens.

Lorsque son ami nous quitta, je lui demandai :

— Qu'avez-vous décidé ?

— Robert et quelques autres envisagent de mener de petites actions pour faire comprendre aux Allemands qu'ils vont devoir faire face à une certaine résistance.

— C'est dangereux ! Il y aura forcément de la répression.

— Je vais être franc, Solange. On prend des risques, mais je ne pourrais pas me regarder en face si je ne faisais rien. D'ailleurs, je préférerais que tu en saches le moins possible sur ce qu'on prépare. Je ne veux pas t'entraîner dans des choses dangereuses.

J'étais déçue d'être exclue, même si je comprenais sa position. J'étais aussi très soucieuse. J'avais peur qu'il ne prenne des risques inconsidérés. Je n'étais pas prête à le perdre de nouveau. Toutefois, il avait besoin de se sentir utile, il était donc normal que je le soutienne.

En juillet 40, les premières mesures antisémites étaient prises en zone libre par le régime de Vichy. Cela ne fit que conforter Samuel dans ses convictions. Il était persuadé que l'on ne pouvait pas faire confiance à Pétain, qu'il offrirait la France aux Nazis. En zone occupée également, les politiques répressives n'allaient pas tarder à apparaître.

Fin septembre, les autorités allemandes proclamèrent une ordonnance visant à rendre plus visibles les Juifs sur le territoire occupé. On leur imposait d'aller se faire recenser et de faire tamponner leurs cartes d'identité de la mention « Juif ». Samuel refusait d'y aller. Il pensait que cela fournirait une source d'information parfaite lorsque les Allemands souhaiteraient localiser la population juive. Je ne comprenais pas sa méfiance. Je n'insistais pas plus, du moins, pour l'instant.

Le contexte de l'Occupation incita Léna à réconcilier sa famille. Si les rapports étaient normaux entre Antoinette et ses enfants, ceux entre père et fils, à défaut d'être glaciaux, étaient inexistants. Elle nous convia donc naturellement chez elle un dimanche après-midi.

La surprise fut de taille lorsque nous découvrîmes que le couple Feldstein était là. Isaac, de son air théâtral, annonça qu'il ne serait pas victime de ce guet-apens. Antoinette le retint, clamant qu'il était temps de cesser ces querelles stériles. La guerre était déjà assez pénible, elle ne voulait pas subir en plus une guerre civile dans son propre foyer.

L'ambiance était des plus pesantes. Heureusement, la présence des enfants arrivait à faire un peu diversion. Les discussions, au début anodines, eurent tôt fait d'aborder le sujet sensible du recensement. Pour Isaac et Antoinette, il était impensable de ne pas se plier aux ordres allemands. Léna et Jacob, bien qu'un peu plus réticents, étaient du même avis. Samuel exprima de nouveau sa suspicion, provoquant un vif débat entre Isaac et lui.

— Je ne fais pas confiance aux autorités allemandes. Ce n'est pas une bonne idée d'aller donner son nom et son adresse à des gens qui persécutent les Juifs dans tous les pays qu'ils occupent !

— Tu dis n'importe quoi ! Nous sommes français. Jamais on ne nous ferait quoi que ce soit. Il s'agit juste d'un recensement, on ne va pas nous arrêter tout de même.

— Justement, tu n'en sais rien, papa. Tu ne t'es jamais inquiété de ne plus avoir de nouvelles des membres de ta famille en Autriche ? Que penses-tu qu'il leur soit tous arrivé ?

— Le bazar qui règne dans ces pays explique que les nouvelles circulent mal. Et ici, c'est la France ! Un pays qui nous a accueillis, intégrés. Les Allemands ne pourront pas arrêter tous les Juifs du monde sous prétexte que notre tête ne leur revient pas. Nous sommes trop nombreux. C'est ridicule !

Antoinette s'exprima à son tour :

— Samuel, écoute ton père ! Si tu es contrôlé, comment vas-tu justifier que tu n'aies pas été te faire recenser ? Tu risques ta liberté pour un détail qui te demande une simple démarche administrative.

— Je suis d'accord avec ta mère sur ce point, ajoutai-je. Tu risques de te faire arrêter si tu es contrôlé. Feldstein ne sonne pas comme Dupont. Ils sauront que tu as des origines étrangères.

— J'y réfléchirai. Je te promets de faire au mieux, maman.

L'après-midi fut encore tendue. Ce fut donc avec soulagement que Samuel et moi retrouvâmes notre appartement. Je savais qu'il n'avait pas l'intention de suivre les conseils de sa mère, aussi je tentai ma dernière carte.

— Tu as réfléchi pour le recensement ?

— Je ne suis pas pour, tu le sais.

— Le fait d'être marié à une non-Juive pourrait te protéger, même si tu t'es fait recenser comme Juif.

— Je voulais justement t'en parler. Je pense que, pour ta sécurité, nous devrions repousser le mariage.

— Les mariages mixtes ne sont pourtant pas interdits !

— Je sais, mais ça pourrait te mettre en danger également. Tu ne peux pas être certaine que tu ne deviendras pas une cible non plus en étant mariée à un Juif. Et si nous avions des enfants, ils seraient peut-être considérés comme juifs aussi. C'est trop dangereux. Je ne veux pas courir ce risque.

— J'ai du mal à comprendre tes craintes.

— Je ne leur fais pas confiance.

— Je t'en prie, réfléchis encore. Je préfère que tu cèdes en allant à la sous-préfecture plutôt que tu te fasses arrêter parce que tu n'es pas en règle. Est-ce que ça tu peux le comprendre au moins ? J'ai peur pour toi. Ta mère et ta sœur ont aussi peur pour toi. Pour nous, s'il te plaît…

Le lendemain, il m'annonça qu'il n'acceptait qu'un seul compromis. Il irait se faire recenser, néanmoins, il ne donnerait pas notre adresse. Officiellement, il n'habitait pas mon appartement. Il pourrait donc fournir son ancienne adresse sans être inquiété. J'étais enfin rassurée.

Si j'avais eu conscience, à ce moment-là, du piège qui venait de se refermer sur tous ceux qui allèrent se déclarer, j'aurais davantage soutenu Samuel dans sa décision de ne pas apparaître dans les fichiers. Peut-être aurions-nous convaincu Léna et les autres de ne pas le faire non plus. Je n'avais pas fini de regretter d'avoir accordé si peu de crédibilité à son intuition.

# 12

La vie quotidienne était devenue très difficile. La nourriture manquait, notre liberté était restreinte, tandis que les journaux et la radio étaient désormais sous le contrôle des autorités allemandes.

À partir du printemps 1941, les lois anti-juives se durcirent, alors qu'une première rafle de Juifs étrangers avait lieu en mai. Dès lors, Samuel dut quitter son poste à l'hôpital. En tant que Juif français, il pouvait, certes, continuer à exercer grâce à son statut d'ancien combattant en 39-40, mais plus au sein de l'Assistance publique. Il accepta de rejoindre le cabinet parisien de Robert lorsque ce dernier le lui proposa.

Au quotidien, à l'hôpital, j'avais affaire à des Allemands. Tous n'étaient pas les bêtes sanguinaires que l'on aurait pu craindre. D'autres, en revanche, confirmaient parfaitement l'image que je me faisais de l'ennemi : hautain et arrogant. Un jour, un officier vint visiter notre service de médecine générale. Grand, blond, ses yeux bleus presque blancs tant ils étaient clairs, son uniforme impeccable le rendait très impressionnant. Il observa notre groupe d'étudiants où j'étais l'une des rares femmes. Il ne m'inspira aucune confiance. Sa façon de me fixer me mit mal à l'aise.

Il profita d'un moment où je faisais, seule, mes visites pour m'aborder dans un couloir :

— J'espère que vos patients réalisent la chance qu'ils ont d'être soignés par une aussi jolie étudiante que vous.

— Je vous remercie pour le compliment, mais je n'ai pas le temps de discuter. J'ai précisément des patients qui m'attendent, dis-je en essayant de couper court à cette conversation.

Revenant à ma hauteur, il me proposa :

— Dans ce cas-là, pourquoi ne pas prendre le temps, autour d'un dîner par exemple ? Ce soir ?

— Je suis désolée, je ne crois pas que ce soit une bonne idée.

Il se raidit. Son visage se ferma.

— Vous me trouvez antipathique peut-être ? Je peux comprendre que vous, les Français, soyez mauvais perdants, pourtant il va falloir que vous vous habituiez à notre présence.

J'avais conscience d'être sur un terrain glissant. J'essayai donc de ne pas le vexer.

— Ça n'a rien à voir. J'ai un fiancé. C'est avec lui que je dîne ce soir. Vous devriez tenter votre chance auprès de quelqu'un de plus disponible que moi.

Je lui souris le plus chaleureusement possible, et m'éclipsai.

Le lendemain, Samuel et moi arrivions en bas de notre immeuble lorsque l'officier apparut devant nous. Il s'approcha crânement tout en demandant ses papiers à Samuel. Le regard qu'il lui lança en voyant le tampon rouge indiquant qu'il avait affaire à un Juif me glaça le sang. Il lui rendit sa carte d'identité, puis s'adressa à moi sur un ton tranchant :

— C'est donc pour un Juif que vous m'avez repoussé ! Remarquez, vous m'avez épargné l'humiliation de passer après ce genre de vermine, et je ne supporte pas d'être humilié !

Il tourna les talons sans que nous ayons eu le temps de répondre quoi que ce soit. Toutefois, j'avais lu dans ses yeux une telle haine que je compris mieux les mises en garde de Samuel. Je lui racontai alors l'échange de la veille qui, jusqu'à présent, n'était pour moi qu'un détail. Il avait désormais peur pour moi si cet homme s'obstinait. Cet officier n'était pas aussi rancunier que nous pouvions le redouter : il ne me posa plus de problème. Pour Samuel, il paraissait cependant évident que je devais savoir me défendre.

Un dimanche de juin, il décida de m'emmener aux portes de Paris, dans une campagne discrète, sous prétexte d'une promenade à vélo. Cela n'était pas du tout dans nos habitudes, et j'étais fatiguée de mes semaines de travail. Aussi, je trouvai maintes excuses pour ne pas y aller. Il insista tant que je compris qu'il me cachait quelque chose. De guerre lasse, je cédai.

Une fois hors de Paris, nous nous enfonçâmes dans un bois peu fréquenté. Là, Samuel sortit une arme de son sac.

— Depuis ce qui s'est passé avec cet officier, je suis très inquiet pour toi. Je veux que tu apprennes à te servir d'une arme en cas de problème, pour te défendre. Imagine si ce gars, ou un autre d'ailleurs, devait revenir frapper à ta porte.

— Je ne veux pas toucher à ça ! Je ne veux pas apprendre à tirer sur qui que ce soit !

— Solange, merde !

Il n'avait pas haussé la voix, cependant, son ton était si péremptoire que je le regardai, coite. Il ne m'avait jamais parlé comme cela. Je ne l'avais même jamais entendu parler à quiconque de cette façon.

— Est-ce qu'un jour dans ta vie, tu feras ce qu'on te dit sans t'y opposer d'abord, Solange ?

Sa voix se radoucit :

— Tu sais que je t'aime plus que tout, mais tu es une vraie emmerdeuse quand tu veux. Je suis préoccupé pour ta sécurité.

Je lui répondis timidement, encore atterrée de découvrir cette facette de sa personnalité :

— D'accord, excuse-moi.

Il me mit alors le fusil dans les mains. Il se plaça derrière moi afin de m'apprendre d'abord à tenir l'arme correctement. Puis, je dus viser un arbre et tirer. Ce fut pour moi une expérience terrifiante. En appuyant sur la gâchette, je fus saisie par le recul et le bruit provoqués par la détonation. Je ressentis les vibrations dans tout mon corps. Lorsque nous rentrâmes plus tard dans l'après-midi, mes mains, posées sur mon guidon, tremblaient encore. Je me jurais intérieurement de ne plus jamais toucher à une arme.

# 13

Samuel continuait de fréquenter le groupe de Robert. Je ne sus jamais vraiment en quoi consistaient leurs actes de résistance. Il ne souhaitait pas m'en parler, toujours pour me protéger et les protéger. Ils devaient être discrets pour ne pas se faire repérer des Allemands, c'était une question de survie. Ils n'étaient pas seuls à s'organiser. Un peu partout en France et à Londres, une Résistance éparse se mettait en place.

En août 1941, les Juifs n'eurent plus le droit de posséder un poste de radio. Léna et Jacob durent déposer le leur au commissariat. Nous avions donc pris l'habitude de nous retrouver régulièrement chez moi tous les quatre, avec les enfants, afin d'écouter les Français de Londres qui parlaient à leurs compatriotes de la France occupée. Ils diffusaient des nouvelles du front, expurgées de la propagande nazie. Ils transmettaient également des messages codés à la Résistance et soutenaient le moral des Français. Nous en avions la preuve, nous n'étions pas seuls à refuser de vivre sous le joug allemand. Les mailles du filet se resserraient pourtant sur ceux qui ne voulaient pas céder face à l'occupant.

Parallèlement, les mesures racistes s'accéléraient. Si des rafles de Juifs avaient débuté, elles concernaient la plupart du temps des hommes étrangers ou apatrides. La population ne s'en émouvait pas plus que cela. Nous ne pouvions deviner alors l'ampleur que prendrait la politique d'aryanisation allemande. Comment aurions-nous pu imaginer l'inimaginable ?

J'avais conscience que Samuel prenait de plus en plus de risques. Je redoutais qu'un jour ses compagnons et lui se laissent surprendre par la montée en puissance de la haine allemande vis-à-vis de ceux qui osaient leur tenir tête. Je lui en parlais, chaque fois il me rassurait. Un jour de septembre, cependant, Robert arriva à l'hôpital pour m'avertir que Samuel avait été arrêté. Il me conseilla de contacter Isaac. En tant qu'avocat réputé, il pourrait aider son fils. Je sentais qu'il était inquiet.

Nous nous rendîmes chez les Feldstein où les choses ne seraient pas si faciles, Isaac se montrant d'emblée très hostile à notre présence.

— Qu'est-ce qui vous prend de nous importuner de cette façon ?

— Je suis désolée de vous déranger ainsi, monsieur Feldstein. Samuel s'est fait arrêter. Vous êtes avocat et, avec vos relations, vous pouvez sûrement l'aider. Robert est un de ses amis. Il est venu vous expliquer la situation.

— Dans quel pétrin avez-vous mis mon fils ? Ça ne vous suffit pas de l'éloigner de nous ?

— Reprochez-moi ce que vous voulez, je m'en fiche, mais là c'est de sa sécurité dont il s'agit. Il a besoin que vous l'aidiez.

— Débrouillez-vous seule…

Excédé, Robert intervint :

— Monsieur Feldstein, je me moque totalement de vos histoires de famille. Je suis ici parce que votre fils, qui se trouve aussi être mon ami, est en danger. C'est sa vie et celle de nos compagnons qui sont en jeu. Solange n'y est pour rien, elle ne sait même pas de quoi il s'agit. Malgré ça, contrairement à vous, elle est assez adulte pour ne pas s'embarrasser de ressentiments compte tenu de la situation. Samuel est assez grand pour prendre ses propres décisions, il n'a pas eu besoin d'elle pour s'engager dans notre combat. Maintenant, si vous ne voulez pas nous aider, nous partons.

Robert remit son chapeau, puis m'attrapa le bras pour partir.

— Venez, Solange !

— Je vous en prie monsieur Feldstein ! osai-je une dernière fois.

— Isaac, si tu ne le fais pas pour notre fils, fais-le pour moi.

L'intervention d'Antoinette et la gifle verbale de Robert avaient mis à mal sa fierté. Il proposa à Robert de l'accompagner dans son bureau, me laissant seule au salon avec Antoinette.

— Merci, madame Feldstein.

— Appelez-moi Antoinette. Vous êtes la fiancée de Samuel, nous n'allons pas continuer à nous conduire comme des étrangères. C'est ridicule.

Elle reprit place sur le canapé, m'invitant d'un geste à la rejoindre.

— Vous savez, même si mon mari aboie beaucoup, il mord peu. Il a certainement aussi peur que nous pour Samuel, mais sa fierté… Seigneur, je n'ai jamais vu un homme aussi fier ! Ça n'est pas aujourd'hui que l'on va le changer. Si au moins cet épisode les réconciliait un peu.

— Samuel est vraiment malheureux de la situation.

— Je le suis également. Les voir à couteaux tirés, comme ça, c'est un réel crève-cœur.

Antoinette eut à peine le temps de finir sa phrase, les deux hommes ressortaient du bureau.

— Antoinette, nous y allons. Attendez-nous ici, nous ne serons pas longs.

La phrase d'Isaac n'attendait manifestement pas de réponse puisque, sans prendre le temps de s'arrêter à notre hauteur, ils se dirigèrent vers la porte d'entrée. Robert me sourit afin de me faire comprendre que les choses allaient s'arranger, néanmoins mon estomac demeurerait noué jusqu'à ce que je puisse retrouver Samuel sain et sauf.

Je restai donc seule avec Antoinette. Pour nous occuper l'esprit, elle décida de m'en apprendre davantage sur l'enfance de Samuel. Lorsqu'elle me montra sa chambre d'enfant, je découvris qu'il avait été un petit garçon fasciné par les sciences. Ses étagères regorgeaient d'ouvrages sur ce thème. Elle me raconta que, contrairement à son mari, elle n'avait pas été surprise que Samuel choisisse d'étudier la médecine. Même la très violente, et très prévisible, colère d'Isaac quand il l'avait appris ne l'avait pas découragé. Je souris en lui confirmant qu'effectivement j'avais réalisé que son fils était quelqu'un de très déterminé.

En continuant le tour de sa chambre, j'aperçus, sur la commode, une photo de lui et de sa petite sœur. Elle montrait deux enfants complices, dans les yeux desquels on pouvait deviner les adultes qu'ils étaient devenus. Le petit garçon avait un regard déjà sûr et bienveillant ; la fillette aux nattes blondes tentait en vain de cacher, derrière un air sérieux, une personnalité rieuse. Oui, c'était bien eux, sans aucun doute, et leur complicité n'avait jamais failli avec les années.

Nous redescendîmes au salon où Antoinette eut envie de me montrer quelques photos de famille. Elle choisit dans la bibliothèque un album à la couverture en cuir que les années avaient comme ridée. Sur la première page, une femme jeune, blonde, en robe de mariée, semblait dater d'un autre âge. Il s'agissait de la grand-mère paternelle de Samuel, celle qu'il aimait tant et qui lui avait offert son étoile. Je comprenais mieux l'affection qu'il lui portait : une vraie tendresse émanait d'elle. J'avais, en revanche, plus de mal à saisir comment une femme apparemment si douce pouvait avoir un fils au caractère aussi dur qu'Isaac.

Les pages défilèrent. Nous nous arrêtâmes sur la photo d'un bébé que je ne reconnus que lorsqu'Antoinette me précisa que c'était Samuel. C'était si étrange de le voir à cet âge. Sur ce portrait, il devait avoir un an, ou un peu moins. Bêtement, je n'avais jamais songé au fait que, comme n'importe quel être humain, il avait été un bébé, puis un enfant qui avait appris à marcher, à parler, qu'il avait grandi pour devenir l'homme qui partageait désormais ma vie. Soudain, surgie de nulle part, une drôle de question me vint à l'esprit : est-ce que l'enfant qui aurait dû avoir un an en mai aurait ressemblé au bébé de cette photo ? Troublée, j'évacuai rapidement cette pensée de ma tête.

Malgré l'angoisse que ni Antoinette ni moi n'osions évoquer, cette femme, que je connaissais peu, me laissa également entrevoir son passé, son histoire. En 1911, son union avec Isaac Feldstein, jeune Autrichien tout juste devenu français, était aussi un mariage de raison. Pour la jeune fille qu'elle était, qui ne s'était jamais frottée à la vie, la rencontre avec cet avocat à la carrière prometteuse fut un choc. Son père l'avait toujours fait vivre dans un cocon protecteur. Il pensait que ce jeune garçon ambitieux saurait offrir à sa fille une existence digne de l'amour qu'il avait pour elle. Les débuts avaient été chaotiques, tant la personnalité d'Isaac était éloignée de celle de sa jeune épouse. Le couple avait fini par s'apprivoiser, devenant inséparable. L'attirance des contraires existait bel et bien.

Nous fûmes enfin sereines lorsque Samuel et son père franchirent la porte de la maison. La tension entre eux était palpable. Samuel me raconta plus tard qu'Isaac ne lui avait pas adressé la parole sur tout le chemin du retour.

Je me jetai dans ses bras, tant j'étais soulagée de le voir en sécurité. Il embrassa ensuite sa mère et remercia son père. Celui-ci ne dit rien, cependant quelque chose dans son attitude avait changé. Il ne s'agissait ni d'approbation, ni de compréhension, mais de soulagement. Pour la première fois, je décelai une fissure dans le masque méprisant et sans émotion que s'était fabriqué cet homme.

Sans plus attendre, nous quittâmes les lieux. J'essayai alors de savoir ce qui s'était passé :

— Qu'as-tu fait ? Tu m'avais promis d'être prudent !

— Je ne peux rien te dire. En revanche, si je veux poursuivre ce que nous avons commencé avec Robert et les autres, je vais devoir le faire autrement.

— De quoi me parles-tu ? Tu vas continuer ? Ton arrestation d'aujourd'hui ne te suffit pas ?

— Solange, je ne supporterais jamais de ne rien faire. Je ne vous mettrai, ni toi ni ma famille, en danger, mais je dois faire quelque chose. Je ne te demande pas de comprendre, seulement, je ne pourrais pas me regarder dans une glace si je devais arrêter.

— Je comprends. Même si j'ai du mal à accepter les risques que tu prends, je comprends. Tu as la force de résister face à une situation qui te révolte, je devrais plutôt te soutenir. J'aimerais avoir ton courage.

— Ce n'est pas parce tu n'agis pas autant que moi que le contexte te révolte moins. Je te connais.

Il ne me dit jamais ce qui s'était passé ce jour-là, pourtant, j'avais compris que, dorénavant, il ne serait plus autant exposé.

# 14

À l'automne 1941, Hannah, âgée alors de cinq ans, avait fait son entrée à l'école. Tous les matins, la fillette devait chanter avec ses camarades un hymne à la gloire du maréchal Pétain. Il fut difficile de lui expliquer que cet homme avait, certes, sauvé la France pendant la Grande Guerre, mais qu'il l'avait aussi livrée aux Allemands en 1940. Il était, dès lors, en partie responsable des répressions dont nous étions tous plus ou moins victimes.

Malgré cela, elle restait une enfant joyeuse, complètement insensible au danger qui se rapprochait. Ce danger, nous le sentions sur nos talons, aux aguets, néanmoins, Léon et elle étaient comme des petits soleils dans notre quotidien. Le soir, lorsque nous écoutions la radio, Samuel s'asseyait près de moi, suivi de Léon qui ne supportait pas que quelqu'un d'autre s'approche de moi. L'enfant grimpait sur mes genoux, tandis que je lui disais gaiement, comme à mon habitude :

– Je t'aime avec passion, mon Léon !

– Avec pachion, Cholanze !

Puis, il se blottissait contre moi. Alors, le pouce vissé à sa bouche, le petit blondinet entamait sa nuit. J'avais été la première à le tenir dans les bras, et j'adorais sentir contre moi son petit corps chaud devenir lourd, se détendre entièrement, pendant qu'il sombrait dans le sommeil. J'ai toujours été touchée de l'abandon dont sont capables les enfants dans les bras des gens qu'ils aiment. Ils sont alors si confiants et vulnérables.

En juin 1942, on imposa aux Juifs de plus de six ans le port de l'étoile jaune. Cela s'ajoutait à l'interdiction pour eux de fréquenter de nombreux lieux publics ou de sortir entre vingt heures et six heures. C'était un signe de plus que les Allemands cherchaient à stigmatiser la population juive.

Je me souviens encore du regard de Samuel lorsqu'il était rentré avec les étoiles qu'il devait coudre sur ses vêtements. Désabusé, il les avait jetées sur la table, comme il l'aurait fait avec une lettre d'injures. Le lendemain matin, il se prépara pour partir travailler. Il avait revêtu la chemise sur laquelle il avait cousu son étoile la veille. Il se regarda dans le miroir, et je vis dans ses yeux la colère, le sentiment d'injustice.

Il aurait pu refuser de la porter, certains le firent, cependant, il voulait prouver que porter une étoile ne devait pas être vu comme une honte. Je me tournai vers lui, mis ma main sur son torse, à l'endroit de l'étoile, puis l'embrassai. Pour moi, cela ne changerait jamais rien. J'admirais tant sa détermination à montrer que ces humiliations permanentes ne l'affectaient pas.

Lorsque je montai ensuite rendre visite à Léna, je la trouvai en pleurs. Hannah, elle, était toujours souriante. Léon, les mains couvertes de la confiture qui était au départ sur sa petite tartine, s'était précipité contre mes jambes. Léna était en train de coudre une étoile sur la petite robe à carreaux d'Hannah. Elle me fixa, et, pour la première fois, je lus sur son visage la peur de l'avenir pour ses enfants. Sans un mot, je lui pris son ouvrage des mains afin de coudre moi-même le morceau de tissu qui symbolisait tout le mépris qu'on leur témoignait.

Ce symbole n'était en rien le début de la discrimination qui touchait les Juifs. Déjà en mars 42, un premier convoi était parti pour l'Est. Je sus après la guerre que c'était pour Auschwitz. Le port obligatoire de l'étoile jaune marquait, en revanche, le début de l'affichage au grand jour de la politique de persécution. La population, qui jusqu'alors pouvait feindre d'ignorer cette mise au ban, en prenait désormais conscience.

Quand l'heure arriva pour la fillette d'aller à l'école, Léna me dit :

— Aide-moi, Solange, j'ai trop honte de sortir pour emmener Hannah à l'école.

— Non, Léna, tu vas y aller ! Je veux bien t'accompagner, mais tu dois sortir. Tu ne vas pas rester cloîtrée chez toi. Ne les laisse pas gagner !

Sur le chemin, déjà, j'observais des regards se poser sur l'insigne de mon amie. Certains étaient pleins de dédain. Des gens qui habituellement la saluaient se détournaient. Elle aussi le voyait. Plus nous avancions, plus je la sentais se décomposer.

Nous attendions devant le portail de l'école qui n'était pas encore ouvert. Deux femmes passèrent à notre hauteur. L'une d'elles s'exclama, de toute évidence à l'intention de Léna :

— Ils ont raison de les marquer. Je saurai dorénavant à qui j'ai affaire.

J'étais outrée de ses propos. Au moment où j'allais l'apostropher, un couple, que nous ne connaissions pas et qui arrivait en sens inverse, se dirigea vers nous. L'homme se découvrit alors pour saluer Léna, tandis que son épouse lui souriait. Ce n'était pas grand-chose pour eux de faire cela, pourtant je compris dans le regard de mon amie qu'elle était touchée que quelqu'un prenne son parti. Tout le monde ne pensait pas comme ces femmes. D'autres aussi étaient révoltés de la situation.

Hannah, qui n'avait rien loupé de la scène, me demanda :

— Pourquoi c'est mal d'être juif ? Et pourquoi on est juifs ? Ce serait plus simple d'être normal quand même !

— Hannah, chérie, ce n'est pas mal d'être juif ! Le problème ne vient pas de ça, mais de la bêtise des gens qui ne supportent pas la différence.

— Si on n'a rien fait de mal, pourquoi tout le monde nous déteste alors ?

— Tout le monde n'est pas haineux, regarde autour de toi. Beaucoup ne sont pas d'accord avec ce qui se passe.

Lorsque le portail s'ouvrit, Hannah courut jouer dans la cour avec ses camarades. Comme toujours, elle pouvait passer d'une discussion sérieuse à une légèreté que seuls les enfants sont capables d'avoir en de telles circonstances.

# 15

L'été 1942 arrivait, tandis que, pour moi, une nouvelle vie s'annonçait puisque je venais d'obtenir mon diplôme de médecine. Depuis plusieurs semaines, Nadine nous avait informés des rumeurs qui couraient sur une rafle sans précédent qui toucherait cette fois davantage de monde. Certains prétendaient même qu'ils prendraient les femmes et les enfants. Pour beaucoup, cela était inconcevable. Quel pouvait être l'intérêt des Allemands d'envoyer des femmes et des enfants travailler à l'Est ? De ce que nous en savions, en effet, toutes les déportations n'avaient pour objectif que de fournir de la main d'œuvre à des usines en Pologne ou en Allemagne.

Samuel n'avait rien à craindre d'une rafle à notre domicile, car il n'avait jamais fourni notre adresse aux autorités. Officiellement, il habitait toujours dans son ancien appartement. Jacob, quant à lui, se sentait en sécurité. Il était polonais certes, mais il avait épousé une femme qui, bien que née en Autriche, était française. De son point de vue, sa famille et lui étaient en sécurité. Il ne prit donc aucune disposition pour se cacher ou fuir en zone libre. D'ailleurs, chaque bruit annonçant une rafle prochaine était systématiquement démenti par l'absence de mouvement de la part des Allemands.

Le 16 juillet, j'étais à peine levée que j'entendis des bruits dans l'escalier. Des policiers français encerclaient le quartier, certains circulaient même dans l'immeuble. Je pensai immédiatement à Léna, Jacob et aux enfants. Je convenais avec Samuel qu'il était plus prudent qu'il reste dans l'appartement. Je montai donc seule m'assurer que tout allait bien pour eux. Quand j'arrivai devant leur porte, celle-ci était grande ouverte. À l'intérieur, deux hommes ordonnaient au couple de faire ses bagages et de prendre des vivres pour quelques jours. Hannah était accrochée aux jupes de sa mère qui tenait Léon dans les bras. Effarée, je demandai aux inconnus :

— Pourquoi les emmenez-vous ?

— On suit les instructions. Ils sont tous sur la liste, on les emmène et, de toute façon, ça vous regarde pas. Dégagez !

— Vous emmenez les enfants aussi ? Ils ne vous serviront à rien !

— Messieurs, laissez-nous lui confier les enfants, s'il vous plaît ! les supplia Jacob.

L'un des deux hommes intervint :

— Elle a raison, on va pas s'enquiquiner avec des mioches qui en plus vont pas arrêter de pleurer.

— Pas faux ! Emmenez les gamins alors, me grogna l'autre.

J'attrapai Hannah par la main. Au moment de prendre Léon, il se mit à hurler. D'habitude, il ne posait aucun problème pour abandonner les bras de sa mère pour les miens. Ses cris étaient déchirants. Ses petits poings s'agrippaient si fort aux vêtements de sa mère que je crus qu'il allait s'en arracher les ongles. Je voyais que Léna était partagée entre protéger son fils en me le donnant et arrêter ses pleurs désespérés. Finalement, elle me fixa, me faisant discrètement non de la tête, avec un sourire triste et résigné. Elle gardait l'enfant.

— Je te confie Hannah. Je t'en prie, prends soin d'elle.

— Ne t'inquiète pas pour ça, Léna.

— Maintenant partez ! Et donnez-lui aussi les clés de l'appartement, aboya l'un des hommes à Léna. C'est les consignes : vous devez laisser vos clés à un voisin ou à la concierge.

Je quittai l'appartement à reculons, en emmenant avec moi Hannah. Dès que je franchis le seuil de mon appartement, je racontai la scène surréaliste à Samuel. Il voulut immédiatement aller chercher sa sœur. Je l'en dissuadai, il risquait également de se faire arrêter. Il pensa soudain à ses parents. Il était trop dangereux qu'il se rende chez eux lui-même. Je lui proposai de rester caché avec sa nièce, le temps que j'aille voir ce qu'il en était dans leur quartier.

Je m'engageai en vélo dans la rue, où les gendarmes avaient rassemblé des hommes et des femmes de tous âges, ainsi que des enfants. Ils les faisaient méthodiquement monter dans des bus. Tout cela était totalement insensé. Je cherchai des yeux Léna et Jacob. Je les repérai dans un des véhicules. Léna portait toujours Léon. Jacob avait passé le bras autour d'eux, d'un geste protecteur. Lorsqu'ils me virent, je leur adressai un signe de tête afin de les rassurer sur le sort d'Hannah et Samuel. Puis, le bus se mit en marche. Je les suivis en vélo tant que je pus. J'étais incapable de me résoudre à les voir partir. Cependant, le bus accéléra, m'obligeant à les laisser s'éloigner. Je revois encore aujourd'hui le regard de Léna… Il était plein d'incompréhension et de peur : peur pour elle, pour ses enfants. Les larmes au bord des yeux, je me précipitai chez les Feldstein.

Dans plusieurs quartiers que je traversai, je tombai sur quelques scènes similaires. J'arrivai devant leur grande maison en pierre de taille. Un peu plus loin dans la rue, j'aperçus Isaac avec un groupe de voisins, encadrés par des gendarmes. Je jetai ma bicyclette et tentai de m'approcher. Il me fit signe en haussant les épaules, impuissant face à ce qui se déroulait, puis, il s'écria, bouleversé :

— Antoinette, non !

En me retournant, je vis son épouse, une valise à la main, se diriger vers nous d'un pas déterminé.

— Antoinette, que faites-vous ? Ils ne vous ont pas arrêtée, pourquoi voulez-vous rejoindre votre mari ?

— Ils m'ont dit que je n'étais pas sur la liste parce que je suis française. Mais Isaac aussi est français. Il a été naturalisé il y a longtemps maintenant. Je ne comprends pas, pour autant je n'ai pas l'intention de le laisser partir sans moi.

— Pourquoi y aller quand même ? Restez ! Vous ne savez même pas ce qu'ils vont faire de vous.

— Non, Solange, je n'abandonne pas Isaac ! Je l'accompagne quoi qu'il arrive.

Elle mit sa main sur ma joue, et me dit, plus sereinement, résolue :

— Mieux que personne vous pouvez comprendre ce que je ressens. Je l'ai épousé pour le meilleur et pour le pire. Nous avons connu le meilleur. Peut-être est-ce le pire, mais tant pis, nous serons ensemble. Vous verrez un jour, si vous vous retrouvez dans la même situation, votre choix ne fera pour vous aucun doute. Prenez soin de mes enfants, Solange.

Elle força le barrage de policiers en montrant son étoile. Elle rejoignit son mari qui l'étreignit doucement. Je tentai de la retenir en l'appelant une dernière fois. Un gendarme me repoussa en me menaçant de m'arrêter à mon tour si je ne reprenais pas mon vélo pour partir. Les larmes aux yeux, je ramassai ma bicyclette avant de m'éloigner. En retrouvant Samuel, j'eus toutes les peines du monde à lui apprendre que ses parents avaient, eux aussi, été emmenés.

Une fois nos émotions un peu apaisées, je lui expliquai que nous ne pouvions pas rester à Paris. Pour Hannah et lui, cela devenait trop dangereux. Je lui proposai alors de partir en zone libre. Mes grands-parents habitaient dans la région de Lyon. Nous pourrions rester quelques jours là-bas, le temps de trouver une autre solution. Je n'avais plus de contact avec eux depuis sept ans, ils ne savaient donc plus rien de ma vie. Il me serait facile de faire passer Samuel et Hannah pour mon mari et ma fille, le tout sous une fausse identité. Je réussis à convaincre Samuel de suivre mon plan. Il me conseilla alors de demander à Robert de nous obtenir de faux papiers.

Je me rendis au cabinet de notre ami. Lorsque je lui fis part de notre décision, il approuva :

— Vous avez raison de partir. Les choses deviennent imprévisibles ici. Si Samuel ne craint rien aujourd'hui, il pourrait être en danger prochainement. Vous rendez-vous compte tout de même des risques que vous prenez en faisant passer des Juifs en zone libre ? Il leur est interdit de franchir la ligne de démarcation.

— Avec les faux papiers que vous allez nous fournir, ils ne seront plus juifs. Une fois chez mes grands-parents, personne ne saura qui ils sont réellement.

— Très bien, concéda-t-il. Je vous recontacterai pour vous donner les papiers dès que je les aurai.

— J'ai une dernière chose à vous demander, Robert. Est-ce que vous savez ce qu'ils ont fait des gens arrêtés hier ?

— Je sais qu'ils en ont enfermé une partie au Vél' d'Hiv, mais j'ignore si la famille de Samuel y est. Je vais me renseigner. Ne vous faites quand même pas trop d'espoir.

En rentrant chez moi, j'essayai de passer devant le Vél' d'Hiv. Bien sûr, l'accès y était limité. J'entendais juste le bruit des gens à l'intérieur. Au dehors, des bus témoignaient de l'énorme activité qui y avait lieu. Une fureur comme je n'avais jamais connue m'envahit. Mais que pouvais-je faire seule ? Impuissante, je pensai à mes deux protégés qui m'attendaient à la maison. Je rentrai donc les retrouver.

Dès que je les vis venir à ma rencontre, je me précipitai sur Hannah pour arracher, avec les dents, les fils de l'étoile que j'avais moi-même cousue à la place de Léna sur sa robe à carreaux.

— Maman m'a dit que je ne devais pas la retirer, sinon, je vais aller en prison.

— Les choses ont changé. C'est si tu la gardes que tu vas te faire arrêter maintenant.

— Maman aussi, elle est arrêtée ?

— Oui, mon cœur, ils l'ont emmenée, avec papa et Léon.

— Ils sont ensemble sans moi ? Elle sera là demain ?

— Je ne pense pas, Hannah, chérie…

Je dévisageai Samuel. Lui non plus ne semblait pas savoir quoi répondre à sa nièce. Qu'étions-nous censés dire à une fillette, alors que nous-mêmes, adultes, nous ne comprenions pas ? J'entrepris ensuite de découdre l'étoile en tissu de Samuel, cependant elle était mieux cousue que celle d'Hannah. Frustrée de ne pas y arriver, je pris les ciseaux pour couper les fils. Lui, qui avait fait de cet insigne un acte militant, n'essaya même pas de m'en empêcher. Une fois les deux étoiles en main, je les jetai dans la cheminée du salon, folle de rage et de chagrin, puis, j'y mis le feu.

Robert me recontacta quelques jours plus tard. Lorsqu'il me tendit les papiers, il me donna notre nouvelle identité :

— Vous vous appelez désormais Solange Dunoyer, mariée à François Dunoyer depuis septembre 35. Votre fille s'appelle Jeanne, née en juin 36.

— Merci infiniment, Robert. Je vais pouvoir les mettre à l'abri.

— Vous êtes courageuse de faire ça. Si vous vous faites prendre vous subirez le même sort qu'eux. Vous êtes sûre de vous ?

— Ça n'a jamais été aussi clair dans ma tête.

— Et vous qui ne vouliez pas commettre d'actes de résistance insensés… Quel retournement de situation ! Vous êtes une obstinée.

— C'est parce que je les aime… Et les autres, vous savez où ils sont ?

— Héléna, Jacob et Léon ont été enfermés au Vél' d'Hiv avant d'être envoyés dans un camp du Loiret, Pithiviers ou Beaune-la-Rolande. Leurs parents ont été internés à Drancy. Ils vont sûrement être déportés à l'Est.

— Que feront-ils d'eux une fois là-bas ?

Il me répondit décontenancé, en haussant les épaules :

— Je ne sais pas, Solange, je ne sais pas du tout. Des rumeurs circulent… Le mieux est vraiment que Samuel et Hannah restent cachés le plus longtemps possible.

— Merci de ce que vous faites pour nous.

— On se reverra après la guerre alors !

— J'y compte bien, Robert.

— Vous devrez vous assurer que Samuel ne se mette pas encore dans le pétrin. C'est mon meilleur ami vous savez… Vous lui direz aussi que c'est un sacré petit bout de femme qu'il a là.

— Une sacrée emmerdeuse surtout !

— C'est vous qui l'avez dit, souffla-t-il en riant.

Je quittai son bureau avec les papiers qui nous permettraient de vivre en sécurité le temps que la guerre se termine. Je n'avais plus peur, du moins pas des Allemands. Affronter ma grand-mère et mon passé était pour moi bien plus angoissant. Je n'étais plus très sûre d'être assez forte. Pour ceux que j'aimais, je n'avais pourtant pas le choix. En passant sur le pont Alexandre III, je contemplai une dernière fois Paris : la Tour Eiffel, le Grand Palais, les Invalides… Je ne savais pas quand nous pourrions revenir dans cette ville que Samuel et moi adorions tellement, dans laquelle nous nous étions tant promenés. Mais, quoi qu'il arrive, j'allais bientôt rentrer chez moi…

# 16

Nous avions pris quelques jours afin d'apprendre à Hannah sa nouvelle identité : elle s'appelait désormais Jeanne ; devait nous appeler papa et maman ; et, surtout, ne jamais dire qu'elle était juive car on ne pouvait pas savoir si les gens à qui elle le dirait seraient des « gentils » ou pas. Ces changements d'identité étaient difficiles pour chacun d'entre nous, cependant, le temps était compté puisque nous devions partir au plus tôt.

Le jour du départ, Nadine nous accompagna à la gare. Elle ne travaillait plus pour moi depuis la mort de mon père, néanmoins, elle faisait évidemment toujours partie de ma vie. Elle était si inquiète pour nous. Une fois sur le quai du train, elle nous serra dans ses bras.

— Soyez prudents, mes enfants. Et donnez-moi des nouvelles quand vous pourrez.

Je la tranquillisai tant bien que mal :

— Ne t'inquiète pas, Nadine, tout ira bien. Ce sont les retrouvailles avec ma famille qui vont être épiques. Je t'écrirai tout pour que tu aies ton lot de potins.

Puis, notre voyage vers mon passé commença. Le passage de la ligne de démarcation ne posa aucun problème. Les faux papiers fournis par Robert s'étaient révélés extrêmement crédibles. J'avais quand même pris soin de mettre plus en évidence la croix que je portais autour du cou. Nous fîmes une première halte à Lyon, avant de prendre un autre train pour nous rendre dans la ville de mon enfance.

Nous arrivâmes à Saint-Amont après un long voyage qui nous avait épuisés. Pourtant, sur la place devant la gare, je me retrouvais enfin dans un lieu familier qui me redonnait un peu d'énergie pour la dernière étape de ce périple.

Devant le portail en fer forgé de la propriété familiale, nous décidâmes avec Samuel qu'il valait mieux que j'y aille seule. De cette façon, j'adoucirais pour mes grands-parents le choc des retrouvailles et des révélations successives. Je les laissai donc tous les deux sur une petite place où Hannah pourrait jouer avec l'eau de la fontaine.

Ce fut avec une énorme émotion que je franchis le portail du jardin, qui grinçait toujours, et que je remontai l'allée bordée d'arbres jusqu'à la porte de la grande maison en meulière. En chemin, je regardai la végétation qui m'entourait. Sur le côté du jardin, la dépendance abritait encore le cabinet de médecin de mon grand-père. Tout était comme la dernière fois où je m'étais trouvée là, prête à entamer une nouvelle vie à Paris.

Alors que j'hésitais à sonner, la porte s'ouvrit avant que je ne fasse quoi que ce soit. Je tombai nez à nez avec mon grand-père qui m'avait aperçue déambuler dans le jardin. Je l'avais toujours connu affable et drôle. Il avait des yeux espiègles, des cheveux blancs bouclés et hirsutes qui lui donnaient l'air d'un savant fou, et, surtout, une voix affectueuse. Pas un jour, je ne l'avais vu de mauvaise humeur ou ne l'avais entendu hausser le ton.

Il avait sûrement été celui qui avait eu le plus de peine lorsque j'avais quitté la maison. C'était cependant lui qui m'avait confortée dans mon choix de partir. Il m'avait même conduite à la gare.

— Solange, mon Dieu ! Que fais-tu là ? Tu aurais dû nous prévenir que tu allais nous rendre visite ! Ça fait si longtemps ! Je suis tellement heureux de te voir, me dit-il en me prenant dans ses bras.

— Bonjour, grand-père ! Tu n'as pas idée comme tu m'as manqué.

— Rentre, mon petit, et raconte-moi ! Tu n'as pas de bagages ?

— Je dois d'abord te dire quelque chose. Mais, grand-mère est là ?

— Non, à cette heure-ci elle est avec ses vieilles bigotes ! Elle sera là d'ici une heure.

— Je vais te parler d'abord tout seul alors. Ça sera plus facile de toute façon. Voilà, je… je ne suis pas venue seule…

— Ah ! Qui est avec toi ?

Je lui avouai un peu mal à l'aise :

— Je suis ici avec mon mari et ma fille.

— Solange, mon petit… Tu pars seule un matin et tu reviens avec une famille à toi ! Ta grand-mère va en avaler sa bible, dit-il d'un ton moqueur et presque impatient. Où sont-ils ?

— Ils m'attendent près de la fontaine.

— Allons-y !

Quand nous nous approchâmes d'eux, j'appelai Samuel, ou plutôt François.

— Grand-père, je te présente François Dunoyer, mon mari.

— Enchanté, mon garçon !

— Bonjour monsieur Pernel !

— Appelez-moi Adrien. Mais où est le bébé ?

Samuel et moi nous regardâmes interloqués.

— Quel bébé, grand-père ?

— Tu m'as dit que ta fille était là aussi.

— Elle a six ans ! Jeanne, viens que je te présente.

Hannah s'avança vers Adrien, qui lui serra respectueusement la main.

— Bonjour, mademoiselle Jeanne !

Il se tourna vers moi soucieux.

— Elle a six ans, Solange ?

— Elle est de juin grand-père, elle est de juin, le rassurai-je en espérant que Samuel n'avait pas remarqué notre embarras.

Il ajouta soulagé :

— C'est bien, juin… C'est très bien. Venez, rentrons.

Je n'avais rien confié à Samuel de ce qui m'avait incitée à quitter Saint-Amont. Je me doutais qu'un jour je ne pourrais plus le lui dissimuler, toutefois à cet instant, cela n'était pas ma priorité. Je devais faire en sorte de leur trouver un endroit où passer la guerre, en espérant que mon grand-père, coutumier du fait, ne fasse aucune gaffe.

Adrien nous amena dans la cuisine pour qu'Hannah, affamée, puisse manger quelque chose. Mathilde, leur domestique, lui fit des tartines qu'elle dévora pendant que nous expliquions la situation. Je racontai donc que nous avions quitté Paris car la vie quotidienne sous l'Occupation était très difficile. Mon mari et moi, désormais diplômée, cherchions un endroit où nous installer et exercer tranquillement notre profession. Nous ne resterions là que le temps de trouver un cabinet dans la région.

La porte d'entrée s'ouvrit brusquement. J'entendis la voix impétueuse et autoritaire de ma grand-mère :

— Adrien ! Adrien ! Où es-tu ? C'est infernal, j'ai toujours besoin de te courir après !

— Je suis là, ma douce, dans la cuisine, répondit-il en levant les yeux au ciel déclenchant un éclat de rire chez Hannah.

— Figure-toi que…

Elle ne put terminer sa phrase. Elle se figea en me voyant. Elle dévisagea rapidement les autres, puis se plaça devant moi. L'ambiance était glaciale et, à part Adrien, personne n'osait parler :

— Catherine, regarde qui est venu nous voir ! Voici François et Jeanne. C'est la petite famille de Solange.

— Monsieur… Jeune enfant, les salua-t-elle froidement.

Samuel tenta timidement :

— Madame Pernel, ravi de vous rencontrer.

— Cela m'étonnerait vraiment, ou alors c'est que Solange ne vous a pas parlé de moi. Remarquez, cela n'aurait rien de surprenant de la part de quelqu'un qui n'a pas donné un seul signe de vie en sept ans.

Elle ne m'avait toujours pas adressé la parole. Ses cheveux jadis noirs de jais étaient désormais gris. Ses yeux verts étaient toujours aussi dénués de compassion. Soudain, son regard se planta dans le mien, et elle me gifla. Je tendis mon bras pour empêcher que Samuel, debout derrière moi, n'intervienne. Je l'avais senti prêt à bondir lorsque la main de Catherine s'était levée. Adrien fit diversion en proposant à Samuel et à Hannah de les emmener voir nos chambres, me laissant seule face à la froideur incarnée.

— Je suis désolée, grand-mère. C'est toi qui m'avais exclue de ta vie, je ne pensais pas que tu souhaiterais savoir ce que je devenais.

— As-tu une si piteuse opinion de moi ? Comme ça, ce sont ton mari et ta fille ? Elle ne te ressemble pas du tout.

Elle inspira profondément avant de me lancer avec une colère froide :

— Monte les rejoindre, j'ai besoin de tranquillité pour me remettre. Et je n'en aurai pas tant que tu seras sous mes yeux.

Je retrouvai les autres dans le couloir, à l'étage. Mon grand-père déclara alors le plus honnêtement du monde :

— Ça s'est plutôt bien passé, non ?

Je me mis à pouffer de rire, ma joue encore endolorie. Samuel nous regardait en se demandant dans quelle maison de fous il était tombé.

— Elle se calmera, elle est catholique, dit mon grand-père comme pour le rassurer.

Samuel adopta la même ironie que lui :

— Elle est charmante en tout cas.

Adrien lui tapa amicalement l'épaule, heureux d'avoir, de toute évidence, un nouvel allié.

— Vous pouvez vous installer dans la chambre de Solange. Alice, tu sais, ta cousine, est dans la chambre du fond. Jeanne pourra prendre la chambre que tu avais petite fille. Allons la voir !

Nous entrâmes dans la chambre où j'avais vécu en arrivant ici. Elle me paraissait si petite désormais. Mon grand-père montra une poupée à Hannah.

— Dis, monsieur, je peux jouer avec ?

— Bien sûr ! Tu peux m'appeler grand-père aussi, si tu veux.

— Mais un grand-père, j'en ai déjà un…

— Alors papy, c'est bien aussi.

— D'accord pour papy !

— Formidable ! Elle est très mignonne ta fille, Solange.

Elle s'approcha de moi pour me dire tout bas, néanmoins suffisamment fort pour que mon grand-père l'entende :

— Dis, il est gentil lui, alors on peut lui dire qu'on est juifs ?

J'eus l'impression que mon corps se vidait de son sang. Je regardai Samuel, puis Adrien. Ce dernier s'adressa à Samuel :

— Vous êtes juifs, Jeanne et vous ?

— Oui, mais on ne veut pas vous attirer d'ennuis.

— On va partir grand-père. En fait, on voulait juste passer quelques jours ici et trouver un autre endroit où s'installer. Tu sais, ils raflent les Juifs en zone occupée. Je voulais uniquement les mettre en sécurité.

— J'en ai entendu parler, mon petit. Mais vous restez, et pour un moment. Je préfère vous savoir chez moi qu'à un endroit où les gens seront moins bienveillants.

— C'est trop dangereux !

— Je vis avec ta grand-mère, je sais ce que c'est que le danger ! Vous restez, c'est décidé. Vous m'aiderez au cabinet, car à mon âge j'ai besoin de passer un peu la main.

— Merci, grand-père. Tu n'es pas obligé…

— J'insiste, c'est le meilleur endroit où vous cacher. Je vous emmène dans la chambre de Solange, c'est assez grand pour deux. Catherine ne verra pas d'inconvénient à ce que vous dormiez ensemble puisque vous êtes mariés.

Surprenant notre air gêné, il s'enquit :

— Vous êtes bien mariés, n'est-ce pas ?

— Fiancés seulement, avouai-je à mi-voix.

— C'est bien, fiancés, c'est très bien… Je prends, fiancés… Arrangez-vous pour que Catherine ne l'apprenne pas, sinon vous réclamerez vous-mêmes d'être livrés aux Allemands, croyez-moi.

Je me mis à rire sans retenue. Je retrouvais l'homme que j'avais toujours connu, qui m'avait tant amusée toutes ces années. Et, par-dessus tout, je savais que je pouvais lui faire confiance. Il était mon pilier. Malgré les années d'absence, il ne m'en voulait pas, m'accueillant comme si rien ne s'était passé.

# 17

Nous descendîmes pour le dîner après nous être rafraîchis. Alice était là. Elle se précipita sur moi pour m'accueillir tant elle était contente de me revoir. Ses parents l'avaient envoyée à Saint-Amont quelques années après mon départ, afin de discipliner cette jeune fille qui avait, à leurs yeux, une trop grande tendance à la frivolité. Ils espéraient que Catherine lui mettrait un peu de plomb dans la tête. À vingt-et-un ans, elle était désormais institutrice à l'école où j'avais moi-même fait toute ma scolarité.

Nous nous installâmes à table, où le procès d'inquisition, mené par Catherine, commença pour Samuel et moi.

— Alors, Adrien m'a dit que Jeanne avait six ans. Elle est baptisée j'imagine. Elle va au catéchisme ?

— C'est-à-dire que… que… non en fait, bafouillai-je.

— C'est un oubli que nous rectifierons rapidement.

— Ce n'est pas un oubli, grand-mère.

Je perçus à sa façon de me regarder qu'elle le savait pertinemment, cependant sa décision ne souffrait aucune contestation. Je me tus, attendant la prochaine salve. Samuel me regardait, impuissant, me débattre dans des sables mouvants.

— François… Je peux vous appeler François, puisque vous avez manifestement empêché ma petite-fille de se vautrer dans le péché… Nous n'avions jamais entendu parler de vous avant aujourd'hui !

— Je l'ai rencontré à Paris, grand-mère.

— Ce n'est pas à toi que je m'adresse ! coupa-t-elle sèchement. Ton mari m'a l'air assez grand pour répondre seul, non ?

Il lui répondit moins impressionné que je ne l'aurais présagé :

— J'ai rencontré Solange à Paris au début de l'été 35, madame.

Elle prit un air pincé pour s'adresser de nouveau à moi :

— Le mariage n'a pas traîné, d'après ce que j'ai compris. Tu t'es comportée comme une fille de petite vertu donc.

— Madame, je ne peux pas vous laisser parler comme ça de Solange ! C'est un mariage d'amour, rien d'autre.

Cela cloua temporairement le bec de Catherine. Alice en profita pour tenter de donner un ton plus léger à la conversation :

— Alors, Solange, raconte-nous la vie à Paris !

— Avant ou pendant l'Occupation ? intervint Adrien en toussotant.

— Grand-père, je ne suis pas certaine que ça change grand-chose, ajouta Alice sûre d'elle.

— Si, Alice, ça change quelque chose. Si François et moi sommes venus ici, c'est justement parce que la vie est dure à Paris. On manque de tout : de nourriture, d'air, de liberté… On arrête ou on tue des gens… Ça n'était pas ça Paris avant, crois-moi.

De nouveau, l'atmosphère à table était lourde. Nous n'avions même pas la bonne humeur d'Hannah puisque, trop fatiguée par notre voyage, elle était déjà nourrie et couchée.

À la fin du repas, Catherine m'ordonna d'aller au piano, jouer un morceau. Je m'exécutai sans rechigner. Toutefois, ce soir-là, les notes qui sortaient de l'instrument étaient mécaniques, sans aucune émotion. Mes grands-parents s'étaient installés sur le divan, les yeux clos afin de mieux profiter de la musique. Samuel, quant à lui, était resté dans un coin du salon à m'observer. Nos regards se croisèrent. À ce moment, je ne jouai plus que pour lui, celui qui savait toujours m'encourager. Mes mains devinrent légères sur le clavier, tandis que je retrouvais plaisir à jouer.

— Je vois que tu as fini par progresser, commenta ma grand-mère.

— Catherine, voyons, elle n'a jamais été mauvaise au piano, au contraire.

— Adrien, tu n'y connais rien !

— Ça ne m'empêche pas d'apprécier une musique lorsqu'elle est bien interprétée.

— Bon, il est temps d'aller se coucher, Adrien, trancha-t-elle. Si tu n'as pas tes heures de sommeil, tu seras pénible. Bonne nuit, Alice, François…

Elle se leva, se dirigea vers le couloir, se retourna :

— Bonne nuit, Solange !

— Bonne nuit, grand-mère ! Merci de nous accueillir.

Elle se contenta de hocher la tête, puis monta se coucher, accompagnée d'Adrien. Alice m'avoua à quel point elle était heureuse de ne plus être seule avec ce couple bien trop ennuyeux à son goût. Elle nous abandonna à son tour, ne cherchant même pas à cacher le clin d'œil qu'elle fit à Samuel. J'étais sidérée de son culot. Il me prit la main pour le suivre à l'étage.

— Ma Solange, combien de personnages hauts en couleur échappés de ton passé vais-je encore rencontrer ?

— Encore quelques-uns, mon cœur, j'en ai bien peur, répondis-je en souriant.

Après ce que nous avions vécu ces derniers mois, tout me paraissait bien léger subitement. J'avais envie que cette sensation dure toujours. Cela faisait longtemps que nous n'avions pas été aussi détendus, malgré l'accueil glacial de Catherine. Avant d'aller me coucher, je vérifiai qu'Hannah dormait paisiblement. Elle aussi semblait sereine. Une nouvelle vie débutait pour elle comme pour moi. Je me demandai intérieurement comment nous allions y arriver sans Léna. Les bras de Samuel me réconfortèrent.

Le lendemain, j'ouvris les yeux au son des oiseaux. Il me fallut tout de même un instant pour me souvenir de l'endroit où j'étais. Je retrouvais ma chambre aux murs clairs parsemés de fleurs pâles, ma coiffeuse en bois ciré où j'avais tant aimé me préparer adolescente, mon armoire massive remplie de toute l'existence que j'avais abandonnée du jour au lendemain. En sortant du lit, je reconnus aussitôt la sensation du tapis beige à motifs sous mes pieds.

Je pris dans ma valise le coffret en bois qui me suivait partout dorénavant. Avant de quitter Paris, j'y avais glissé une photo de Léna entourée de Jacob et des enfants. J'étais tombée sur ce qui restait de leur bonheur en montant chercher des affaires pour Hannah, en vue de notre voyage. Je soulevai le couvercle afin de toucher du doigt mes précieuses reliques : la photo, les lettres, le pendentif et le petit bonnet.

Lorsque je descendis, je constatai qu'Hannah avait déjà trouvé ses repères : Mathilde l'avait apprivoisée avec de la nourriture, et mon grand-père avec ses pitreries. Ils avaient agi de même avec moi. Je me revoyais en Hannah. Elle avait le même âge que moi à mon arrivée ici, avec Catherine et Adrien, pour les funérailles de ma mère. Ce fut d'ailleurs au cimetière que j'eus envie d'aller en premier.

Pendant que mon grand-père faisait faire à Samuel le tour de son cabinet, je sortis de la propriété. J'allai directement sur la tombe de ma mère. Les fleurs qui ornaient sa pierre tombale étaient fraîches. Cela ne signifiait qu'une chose : Catherine était passée récemment. Sûrement venait-elle encore tous les dimanches après la messe. Je repris le rituel de mon enfance :

— Bonjour, maman. Je ne pensais pas être de retour, un jour, à Saint-Amont, surtout pas dans ces circonstances. Je ne m'imaginais pas revenant vivre ici avec une famille. Maman, comment je vais pouvoir m'occuper d'Hannah ? Je ne sais pas faire ça, moi… C'est une si lourde responsabilité. Elle a besoin de sa mère, je ne pourrai jamais faire aussi bien que Léna… Je dois être complètement folle de parler encore dans le vide à mon âge.

Je croisai beaucoup de monde en retournant à la maison. Je sentais bien que l'on parlait dans mon dos, sur mon passage. Les ragots devaient y aller bon train. Je devinais déjà les voisins monter de toutes pièces des histoires folles. J'avais surtout très peur que ces racontars ne parviennent aux oreilles de certaines personnes que je ne voulais absolument pas voir ressurgir dans ma vie. Ce n'était vraiment pas le moment.

Notre nouveau quotidien se mettait en place doucement. Samuel et moi avions rejoint le cabinet de mon grand-père. Nos premières patientes vinrent davantage chercher des informations sur mon retour ainsi que sur l'homme qui m'accompagnait, que faire traiter de véritables problèmes de santé. Étant donné les circonstances de mon départ, l'apparition de Samuel et d'Hannah soulevait chez elles de grandes interrogations.

Pour elles, j'avais épousé du jour au lendemain un parfait inconnu avec qui j'avais aussitôt fondé une famille. Il ne leur en fallait pas plus pour y voir quelque chose de juteux. J'avais fait partie du paysage de cette petite ville pendant si longtemps que ses habitants pensaient que je leur devais des explications. Ma vie leur appartenait, par conséquent, ils désiraient en connaître la suite, comme un épisode de feuilleton dans le journal.

Je dus répondre à des sous-entendus qui mettaient à mal ma réputation. Je connaissais la vérité, donc je n'en étais pas blessée. Cependant, j'avais conscience que pour mes grands-parents, ce serait moins facile. Je m'en voulais de les placer dans une telle position face aux gens qu'ils côtoyaient tous les jours.

Quant à Samuel, il essayait de s'adapter à ma famille. Si la cohabitation avec Catherine était difficile, il s'entendait en revanche très bien avec Adrien, même si la personnalité de ce dernier le rendait un peu excentrique à ses yeux. Un matin qu'Hannah et moi nourrissions les poules, ce fut un Samuel désabusé qui nous rejoignit.

— Je viens d'avoir une discussion surréaliste avec Adrien à propos des escargots et de la théorie de l'évolution. Ta famille, Solange…

— Je sais, ils ont tous un petit vélo dans la tête. Je ne l'avais pas remarqué avant de vivre loin d'eux. Je pensais que tout le monde était comme ça.

— Ça doit être le vin de messe…

— Ou la consanguinité…

— Ou les deux, renchérit-il en riant. Et Alice, elle est bizarre. Elle me fixe sans arrêt.

Je mis mes mains sur les deux oreilles d'Hannah, et chuchotai à Samuel :

— Alors, Alice, pour te le dire poliment, il semblerait qu'elle soit du genre à avoir un peu… le feu aux fesses.

J'ajoutai, amusée de le voir si mal à l'aise :

— Essaye de ne pas rester seul avec elle !

— De mieux en mieux ! Je vais éviter la cousine aguicheuse, alors… Où nous as-tu emmenés, Solange ? dit-il encore plus dépassé qu'en arrivant.

— Ne t'inquiète pas, mon cœur, tu t'adapteras pour survivre : c'est la théorie de l'évolution.

# 18

Avant la rentrée des classes, je devais inscrire Hannah à l'école. Je prévenais donc Alice que j'y passerais afin de voir la directrice et faire l'inscription d'Hannah, ou plutôt de Jeanne. Elle m'annonça que celle-ci avait été remplacée par un directeur. Désormais, c'était Philippe Vautrin qui officiait à sa place. Je devins livide. Alice ne pouvait pas ignorer ce que Philippe avait été pour moi. Elle avait pertinemment conscience du choc que me provoquerait cette révélation.

Ce que je redoutais tant était en train de se produire. Je pouvais supporter les ragots, les messes basses, les rumeurs sur mon compte, néanmoins, me retrouver face à ce fantôme précis de mon passé était une nouvelle épreuve. Je devais malgré tout faire en sorte que la situation paraisse normale. Samuel voulut m'accompagner. Il se sentait concerné par l'adaptation d'Hannah dans son nouvel environnement. Je cherchai à l'en dissuader, toutefois, je ne pouvais pas trouver les arguments adéquats sans lui en dire trop sur mon histoire. De guerre lasse, je dus accepter qu'il vienne.

Me tenir devant l'école où j'avais grandi réveilla en moi beaucoup de souvenirs. La plupart étaient joyeux : les rires avec mes amies, la marelle, les chats perchés, les histoires que l'on s'inventait. Les problèmes que je rencontrais alors me paraissaient si dérisoires vus d'aujourd'hui. J'avais pourtant l'impression, à l'époque, que c'était la fin du monde.

Philippe vint à notre rencontre. Il avait vieilli, bien sûr, mais je voyais encore le jeune homme qu'il avait été derrière son allure de directeur en costume. Il était toujours aussi beau avec ses yeux bruns encadrés de cils interminables. La maturité que lui avaient donnée les années le rendait encore plus séduisant.

— Solange, quel plaisir de te revoir ! J'imagine que vous êtes le fameux mari dont tout le monde parle, dit-il froidement en serrant la main de Samuel.

— Bonjour, Philippe ! J'ai été surprise d'apprendre que tu étais le nouveau directeur de l'école.

— Tu sais à quel point j'adore les enfants et travailler auprès d'eux. Vous venez pour inscrire votre fille, je suppose. Entrons dans mon bureau !

J'avais la sensation d'être une élève ayant commis une énorme bêtise qui va se faire remonter les bretelles par le directeur. J'avais également l'intuition que cette rencontre m'apporterait de nouveaux soucis. Connaissant Philippe, il était évident qu'il se croirait obligé de faire une allusion à notre passé commun. C'était une erreur de ne pas être venue seule. Il saisirait aussitôt une si belle occasion de marquer son territoire, tel un félin protégeant son gibier.

— Vous avez le livret de famille et sa carte d'identité ? Elle a six ans, c'est ça ? C'est amusant quand on sait que tu as quitté Saint-Amont début juillet 35, Solange.

— Elle est née en juin 36, Philippe.

J'insistai tant sur « juin » que cela ne pouvait pas passer inaperçu. J'étais très mal à l'aise, et cela n'allait faire qu'empirer. Il s'adressa Samuel :

— C'est donc pour vous que Solange a quitté notre jolie région ! Vous vous connaissiez déjà lorsqu'elle a décidé de s'installer à Paris ?

— En quoi cela vous regarde ? répondit-il.

— Solange, en quoi cela me regarde ? Tu lui expliques, ou dois-je le faire ?

Le fauve venait de donner son premier coup de griffes. Il s'adossa à sa chaise, le sourire aux lèvres. Il nous regarda comme s'il s'apprêtait à profiter du spectacle, sachant parfaitement quel pavé il venait de jeter dans la mare.

— Qu'est-ce que je devrais savoir, Solange ? me demanda Samuel.

— Rien d'important. Je te promets de te raconter quand nous n'aurons plus de spectateur. Philippe, on peut terminer cette inscription ?

— Vous n'avez plus qu'à signer ici.

Samuel signa, puis sortit sans un mot. Je signai à mon tour, tandis que Philippe clôturait l'entrevue sur un ton hypocrite et triomphant :

— Bonne journée, Solange !

Je sortis sans lui répondre, après lui avoir lancé un regard méprisant. Je retrouvai Samuel dans la cour, qui y faisait les cent pas, impatient de connaître les raisons de l'attitude de Philippe.

— Qu'est-ce qui se passe avec ce gars ? Qu'est-ce qu'il a voulu insinuer ?

— Il insinue qu'Hannah est sa fille je crois, dis-je en essayant de fuir le dialogue.

Il revint à ma hauteur, et m'attrapa par le bras :

— Qu'est-ce que tu racontes ?

— Nous étions fiancés avant mon départ pour Paris. Mais je ne crois pas que mon passé amoureux soit la priorité.

— En effet ! Tu te rends compte du danger que cet homme représente s'il persévère dans cette idée ?

— Je retourne tout de suite m'assurer qu'il n'y aura pas de malentendu avec lui. Je suis désolée de nous mettre dans cette situation. Je ne pensais pas que Philippe était revenu vivre ici. Ce n'est pas du tout ce qu'il comptait faire la dernière fois que je l'ai vu.

Philippe était encore dans son bureau. Je frappai à la porte restée ouverte.

— Je te manque déjà ! dit-il avec un ton qui dissimulait mal qu'il était blessé.

— Je veux te parler, t'expliquer.

— Tu veux m'expliquer pourquoi tu es partie du jour au lendemain, sans même me dire au revoir ? La lettre de rupture que tu m'as envoyée quelques semaines plus tard n'a pas répondu à toutes mes questions. Et manifestement, tu en avais des choses à me cacher !

— Je n'avais pas le courage de t'affronter. Je m'en veux, je suis désolée.

— Je m'en fiche que tu te sentes coupable ! Tu crois que les rumeurs qui circulent ces temps-ci me font plaisir ? Je passe pour quoi, Solange ? Tout le monde se gargarise en avançant que tu m'as quitté pour ce type, alors que tu reviens avec lui et une gosse de six ans !

— J'étouffais, Philippe ! Je ne pouvais pas rester. Notre vision de l'avenir n'était pas conciliable. Tu voulais que j'arrête mes études pour rester à la maison, à m'occuper de la famille que nous aurions eue. J'ai eu peur. Je n'étais pas prête.

— Pourquoi tu ne m'en as pas parlé au lieu de fuir ? Par contre, avec lui, ça ne t'a pas posé de problème tout ça. En fait, tu ne m'aimais pas ?!

— Je suis désolée. J'ai cru être amoureuse de toi. Longtemps je l'ai cru, je te le jure. Mais quand j'ai réalisé que je finirais par te haïr, ce n'était pas juste de rester avec toi dans ces conditions. Avec lui, c'est différent, je n'ai pas à jouer un rôle. Je peux être moi, avoir un métier, donner mon avis. Et Jeanne n'est pas ta fille. Je veux que ce point-là soit clair. Tu le sais aussi : elle est née onze mois après mon départ. S'il te plaît, ne t'acharne pas à mettre la pagaille dans mon couple.

— Sors, Solange, s'il te plaît, m'ordonna-t-il doucement.

— Je t'ai blessé, je m'en excuse. Je ne me rendais pas compte.

Il s'écria alors sur un ton plus ferme et exaspéré :

— Sors !

— Philippe…

Il ne répondit rien. Il n'y a rien de pire qu'un animal qui souffre. Il peut devenir agressif, et ses réactions sont souvent imprévisibles. C'était à une bête blessée que me faisait penser Philippe. Je sus, à cet instant, que pour rien au monde il ne devrait découvrir la vérité.

Je rejoignis Samuel à l'extérieur. Je le tranquillisai sur le fait qu'il serait plus prudent de garder Philippe à l'œil, cependant, il ne devrait plus nous poser de problème. Je savais que Samuel ne m'en voulait pas de mon passé, il était néanmoins contrarié que je ne lui en aie pas parlé plus tôt. Il se sentait dupé.

— Tu l'aimes encore ?

— Bien sûr que non ! Tu crois que je serais revenue si nous avions eu une autre solution pour vous protéger ? Je ne savais même pas que j'aurais à le recroiser. C'est toi que j'aime, tu le sais.

— J'ai conscience que, comme moi, tu as eu une vie avant qu'on se rencontre. Pour autant, je ne sais pas, il me donne l'impression de partager des choses sur toi que je ne connaîtrai jamais. En plus, je sens qu'il me nargue.

— Tu es jaloux en fait, lui dis-je en tentant de désamorcer la situation.

Il répondit enfin plus léger en me prenant la main :

— Pas du tout, je sais que personne d'autre que moi ne supporterait ton épouvantable caractère.

Il n'insista pas davantage sur ma relation avec Philippe. Il me faisait confiance et il m'aimait, j'en étais persuadée. C'était ce qui le différenciait de Philippe. Il acceptait que je puisse être un individu à part entière, libre de penser, de vivre.

# 19

Hannah fit sa rentrée à l'école où elle put replonger dans un univers qui lui était plus familier. Elle s'accommoda très vite à son nouveau cadre, du moins, en apparence. Un jour, elle exprima l'envie de m'accompagner au cimetière où je me rendais régulièrement afin de me recueillir sur la tombe de ma mère.

J'y posai les fleurs sauvages que nous avions cueillies en chemin. Elle m'interrogea alors, me prouvant, une fois de plus, que les enfants ne savent pas prendre de gants lorsqu'ils ont quelque chose dans la tête :

— Elle est là ta maman ?

— Oui, c'est là qu'on l'a mise quand elle est morte.

— C'est un bébé avec elle ? C'est qui ?

— C'est ma petite sœur, Blanche.

— Elle est morte aussi ?

— Sinon, elle ne serait pas là.

— T'as été triste de plus avoir ta maman ?

— Bien sûr, très triste. Et toi, tu es triste, aussi, de ne plus voir ta maman ? On va faire un marché, d'accord ? Quand on est ici, toutes les deux, tu peux me parler autant que tu veux de maman.

— Oui, elle me manque. Papa et Léon aussi, ils me manquent.

— C'est normal. À moi aussi, ils me manquent énormément.

— Tu crois qu'ils sont morts ?

— Je ne pense pas… mais je ne sais pas, répondis-je un peu prise de court.

Mes réponses devaient être aussi honnêtes que ses questions étaient directes. Cet exercice était très difficile.

— Moi, je crois qu'ils sont morts.

— Qu'est-ce qui te fait dire ça ? On n'en sait rien. Ils peuvent revenir n'importe quand.

— Si maman était vivante, elle ne m'aurait pas abandonnée si longtemps.

— Si elle t'a laissée, c'est parce qu'elle ne pouvait pas faire autrement. Elle pensait que tu serais plus en sécurité avec moi qu'avec elle. Ça ne veut pas dire qu'elle ne t'aime plus, au contraire. Et moi, j'aime t'avoir avec moi. Je ne peux pas remplacer maman, je sais, malgré tout, je fais ce que je peux pour que tu aies la vie d'une petite fille comme les autres.

— J'aime aussi être avec toi, et avec Samuel, mais parfois j'aimerais être partie avec eux, dit-elle les larmes aux yeux.

Qu'étais-je supposée répondre à cela ? Qu'il était mieux pour elle qu'elle n'ait pas été internée dans un endroit lointain et inconnu ? Je ne pouvais que recueillir sa peine sans parvenir à la soulager. Alors, j'écouterais. Je ne pourrais rien faire d'autre. J'écouterais tant qu'elle aurait besoin de parler. Je prenais conscience qu'être mère, c'était aussi regarder son enfant souffrir sans avoir d'autre choix que de juste l'accompagner. Que cet apprentissage était dur !

Heureusement, Hannah avait trouvé chez mon grand-père un réconfort évident. Il s'y prenait si bien avec les enfants. Elle était tellement joyeuse et apaisée lorsqu'ils passaient du temps tous les deux. Sa relation était, en revanche, très différente avec Catherine, même si cette dernière s'était un peu laissée conquérir par sa frimousse. Elle continuait de me battre froid, toutefois, avec Hannah, une certaine affection s'était créée.

Elle persistait à l'appeler « jeune enfant », pourtant son intonation avait changé.

Ma grand-mère ne m'avait pas reparlé du catéchisme d'Hannah. Je la connaissais trop cependant pour savoir qu'elle n'avait pas renoncé. Un après-midi, je fis une pause dans mes consultations et cherchai Hannah. Mathilde me dit que Catherine était partie en promenade avec elle. Cela était assez exceptionnel pour que je comprenne tout de suite où elle l'avait emmenée.

Je me rendis immédiatement à l'église, où j'aperçus Hannah parmi un groupe d'enfants. Je la saisis par le bras, la sortant plus brutalement que je ne l'aurais voulu, tant j'étais furieuse. Ma grand-mère nous suivit. Je me tournai vers elle et lui lançai au visage :

— Tu n'as pas le droit de faire ça sans demander mon autorisation ou celle de François ! C'est ma fille, pas la tienne !

— Je veux seulement ce qu'il y a de mieux pour Jeanne. J'ai vu ça aussi comme une façon de me rapprocher d'elle, me répondit Catherine d'un ton toujours égal.

— En en faisant une bonne catholique ?

— C'est juste ça qui t'embête ? Ou c'est moi ?

— Tu aurais dû nous demander, c'est tout.

Hannah intervint :

— Mais j'aime bien, moi, être avec les autres enfants.

— Je ne t'empêche pas d'être avec eux, chérie. Les choses sont plus compliquées que ça, lui opposai-je en la ramenant à la maison.

Je m'étais isolée au bout du jardin, près de l'étang qui bordait la propriété, dans l'espoir de me calmer. C'était l'endroit que je préférais. Plus jeune, j'adorais venir m'y asseoir, dans l'herbe, suffisamment loin de la maison pour ne pas avoir l'impression d'être épiée. L'été, je mettais mes pieds dans l'eau, m'amusant à sentir les poissons effleurer mes chevilles. Je fus tirée de mes pensées par Samuel.

— Solange, tu devrais autoriser Catherine à emmener Hannah au catéchisme.

— Tu n'es pas sérieux ! Elle n'est pas catholique, elle est juive.

— Elle serait plus en sécurité si elle était pratiquante. Je t'assure.

— On ne peut pas faire ça. Comment peux-tu même l'envisager ?

— C'est uniquement pour la protéger que nous devons laisser faire ta grand-mère. Pense à Hannah. Dans le fond, ce n'est pas que Catherine transforme une petite juive en catholique qui t'embête le plus. C'est qu'elle veuille la convaincre de croire en Dieu, en ce qu'elle, elle croit, n'est-ce pas ?

— Tu ne sais pas de quoi tu parles ! Tu ne sais pas ce qu'a été mon enfance !

— Non, je ne sais pas. Et je ne sais pas parce que tu ne me racontes jamais rien. Tu es tellement secrète parfois ! Tu évoques si rarement ton passé. Tu peux te confier à moi, tu le sais. Ce n'est pas un signe de faiblesse de parler de ce qui nous blesse, Solange ! Tu n'as plus six ans…

Cela me faisait mal d'admettre qu'il avait raison. Je ne pouvais pas refuser une chance à Hannah parce que j'en voulais encore à ma grand-mère de l'enfance que j'avais eue. Dans la soirée, j'accompagnai Samuel dans le salon, qui apprit à Catherine qu'elle avait gagné. Contrairement à mes attentes, elle eut le triomphe modeste. Elle pouvait bien avoir cela, elle n'aurait pas l'essentiel, du moins, le pensais-je alors.

En zone libre, nous ressentions moins la présence de l'ennemi. Nous menions par conséquent une existence en apparence tranquille. La quiétude que nous vivions fut pourtant de courte durée. En novembre 1942, les Allemands et les Italiens envahirent la zone libre. Par chance, nous nous trouvions dans la zone d'occupation italienne, moins répressive.

L'hiver s'installa, moins rigoureux que ceux que nous avions connus à Paris. Nous n'eûmes ni aussi froid ni aussi faim. Même les fêtes de fin d'année ne s'annonçaient pas aussi difficiles que prévues. Hannah me parlait de plus en plus rarement de ses parents. J'avais peur qu'elle les oublie, toutefois je ne pouvais l'obliger à se rappeler quelque chose qui la faisait souffrir. Philippe était toujours aussi distant avec nous, ce qui nous convenait parfaitement. Je me méfiais cependant de ses suspicions. Lorsque j'allais chercher Hannah à l'école, je le surprenais parfois à nous épier, comme à l'affût d'un indice qui aurait contredit mon histoire. Peut-être ne regardait-il simplement que la vie qu'il avait espérée pour nous il y a tant d'années.

Le réveillon arriva. Catherine nous obligea à aller à la messe de minuit. Si nous parvenions à éviter la messe dominicale, nous n'avions aucune excuse pour échapper à celle-ci. Hannah était ravie, elle voulait voir la crèche. Ce soir-là, elle reçut d'ailleurs un cadeau particulier qui me replongea vingt ans en arrière.

Assise par terre, elle ouvrit une petite boîte donnée par ma grand-mère. À l'intérieur, elle découvrit une chaîne, avec une fine croix semblable à la mienne. Hannah sauta dans les bras de Catherine, qui l'aida à attacher le collier. Je me revis alors, assise sur ces mêmes genoux, me laissant passer au cou la chaîne de ma mère que l'on venait de mettre en terre. Je pensai soudain que je trahissais Léna. Sa fille était en train de renier toute son histoire. Je ne pouvais que constater l'erreur que j'avais faite. Fallait-il vraiment que je la laisse abandonner son identité pour sauver sa vie ?

Malgré la nuit et le froid, je ne supportai plus de rester dans cette maison. Le problème n'était pas la religion. C'était tous les compromis que nous devions faire. C'était aussi tout ce que nous avions perdu et perdrions encore. Je sortis de la maison, puis du jardin. Je marchai d'abord lentement, et de plus en plus vite. Je devais m'échapper. J'arrivai au calvaire qui s'élevait à la sortie de la ville. Cette vision fut de trop, presque insupportable. J'eus la sensation de manquer d'air. Transie de froid, je sentis quelqu'un me prendre dans ses bras. Samuel m'avait suivie. Protégée par l'obscurité de la nuit, j'étais plus à l'aise pour lui dire ce que j'éprouvais. Je lui avouai alors que j'avais peur qu'Hannah oublie. Je craignais aussi qu'elle devienne la même petite fille malheureuse que j'avais été en découvrant que Dieu n'était qu'une idiotie inventée par les hommes pour légitimer leurs actes.

Il chercha alors à apaiser mes angoisses :

— Hannah n'oublie pas, elle se protège. Tout ça n'est pas facile pour elle. Si croire un peu en Dieu, peu importe lequel, peut l'aider, alors laisse-la faire. On a parfois besoin de croire à des choses invraisemblables pour supporter certaines épreuves. Ça leur donne un sens. Ça permet de se dire que les injustices de ce monde n'arrivent pas par simple cruauté gratuite. Ne l'oblige pas à abandonner ça aussi.

Une fois à la maison, je pris Hannah sur mes genoux en lui demandant de me montrer le beau bijou qui ornait désormais son cou. Fière de son pendentif, elle voulait que je lui montre à mon tour le mien. Effectivement, je devais accepter qu'elle tente à sa façon de trouver une raison à tout cela.

# 20

Au printemps 43, nous profitions du retour des journées qui se rallongent et des chaleurs douces. Notre moral était meilleur, car les Alliés commençaient à reprendre du terrain sur les pays de l'Axe. La vie semblait presque normale. Comme une famille ordinaire, nous nous installions souvent au bord de l'étang, tous les trois. Cet après-midi-là, Hannah et Samuel attrapaient des têtards pour les mettre dans un bocal.

— Regarde, maman, tous les têtards qu'on a trouvés avec papa !

Touchée, je regardai Samuel. C'était la première fois qu'elle nous appelait ainsi sans qu'il y ait quelqu'un d'autre autour. Une décharge me parcourut. Chaque chose qui nous rapprochait d'elle me donnait le sentiment d'éloigner de nous Léna et Jacob. Je lui souris, pourtant ce sourire était aussi nostalgique.

Samuel s'assit près de moi, et nous l'observâmes jouer.

— Comment va-t-on faire après la guerre, Samuel, pour reprendre une vie sans elle ?

— Elle en fera toujours partie même si elle n'habite plus avec nous.

— Je sais. C'est juste que je ne pensais pas réussir à aimer un enfant à ce point. Je n'imaginais pas être capable d'être mère.

— Tu te débrouilles très bien au contraire. Et puis, après la guerre, on pourra envisager nous aussi de compléter notre orchestre symphonique. Il nous manque combien de musiciens déjà ?

— Soixante-dix-huit, lui répondis-je amusée de son allusion.

Il écarta une mèche de mes cheveux que le vent avait envoyée sur mon visage.

— Il ne va pas falloir traîner alors, parce que ça fait beaucoup.

— Tu ne m'as jamais dit que tu voulais des enfants !

— J'en ai toujours voulus, mais avec la guerre… Tu sais ce que j'en pense, ma Solange. Après tout ça, on pourra enfin se marier et fonder une famille.

— Tu dis ça comme si c'était quelque chose de facile. La nature choisit parfois pour nous. Et, pendant si longtemps, j'ai cru que ce genre de vie n'était pas pour moi.

— Qu'est-ce qui t'a fait changer d'avis ?

— Toi… et un enfant qui aurait aujourd'hui trois ans.

Il était déconcerté.

— De quoi parles-tu ?

Il était temps que je me confie. J'étais enfin prête. Alors, je lui racontai tout, depuis le début, depuis bien avant notre rencontre. Je voulais qu'il comprenne mieux ce par quoi j'étais passée tout au long de ces années.

J'étais tombée amoureuse de Philippe dès l'adolescence. Au bout de quelques années, nous nous étions fiancés. Puis, j'avais voulu poursuivre des études de médecine. Il avait alors cherché à m'en empêcher, prétextant que nous ne pourrions pas fonder une famille rapidement si je persévérais dans cette voie, que je le priverais d'un futur dont il avait toujours rêvé.

En juin 1935, Philippe m'avait officiellement demandée en mariage me pressant de donner ma réponse. À cette époque, j'étais effrayée à l'idée de me fixer dans un mariage avec un homme qui ne m'écoutait pas, à élever des enfants à qui j'aurais toujours reproché d'exister. Je ne me voyais pas, coincée à dix-huit ans, dans une vie où j'aurais été sous la seule autorité d'un mari qui m'obligerait à cesser de faire ce que j'aimais afin de me consacrer à lui et à notre foyer. Je n'étais pas assez amoureuse pour m'oublier complètement. J'avais préféré m'enfuir avant que le piège ne se referme sur moi. Le rejet de ma grand-mère m'avait un temps soulagée, car je n'avais plus de raison de revenir à Saint-Amont.

Une fois à Paris, j'avais été libre de décider de mon destin. J'échappais ainsi au mariage et au jugement de ma grand-mère. Je débutais mes études. Ma vie était ce que je voulais qu'elle soit. Tout allait bien. Ensuite, je l'avais rencontré au seuil de la guerre. Samuel, mon seul et unique amour. Il n'y aurait personne d'autre, j'en étais sûre. Je ne pourrais plus aimer comme je l'aimais lui.

Pour lui, je pouvais remettre tant de choses en question. Je me surprenais à imaginer un avenir à deux. Puis à trois. Je lui racontai alors pour cet enfant qui aurait dû naître au printemps 40. Le déni, l'acceptation, la déception. Je ne lui en avais jamais parlé. À quoi bon puisque tout était fini ? Je me sentais surtout coupable. Coupable de n'avoir pas été capable de garder ce bébé dans mon ventre. J'étais persuadée que mon corps savait mieux que moi quelle piètre mère je ferais.

Samuel était troublé. Comment avais-je pu lui cacher aussi longtemps qu'il avait failli être père ? Comment avais-je fait pour vivre cette douleur seule ? J'aurais dû lui dire. Il avait, à juste titre, l'impression d'être trahi. Je lui confessai que je ne l'avais pas réalisé sur le moment. J'avais juste voulu le protéger et oublier. Il sembla comprendre. J'avais décidément du mal à prendre conscience que je devais davantage être honnête avec les autres : était-ce moi ou mon entourage que je souhaitais réellement protéger ?

Ce dimanche-là, en rentrant, je lui montrai le bonnet brodé par Léna. Elle avait été présente pour moi dans les périodes difficiles, de la même façon que je l'avais été pour elle. Aujourd'hui, elle n'était plus là, mais je veillais sur ce qu'elle avait de plus précieux. Mon amie, ma sœur, mon double… J'aurais tant voulu la protéger, comme j'avais protégé Hannah. Elle me manquait tant. J'avais besoin de savoir où elle était.

Il fallait que je sache ce qu'étaient devenus Léna et les autres. Il m'était impossible de contacter Robert. Je ne savais pas à qui faire confiance ici. Puis, tout devint évident. Une personne de mon entourage était susceptible de me renseigner. Une personne prête à prendre le risque de dissimuler des Juifs dans son propre foyer : Adrien Pernel. J'allai donc le trouver.

— Grand-père, est-ce que tu connais des gens qui pourraient m'aider à retrouver quelqu'un ?

— Ça dépend. Tu peux me dire qui tu cherches ?

— J'avais des amis à Paris qui ont été raflés le 16 juillet 42. Certains ont été envoyés au Vél' d'Hiv, avant d'être internés dans le Loiret. D'autres ont été emmenés à Drancy avant d'être probablement déportés à l'Est.

— C'est la famille de François, n'est-ce pas ?

— Oui, ses parents, sa sœur et son mari, leur fils… Tu crois qu'on peut les faire libérer ? Ou s'ils sont été envoyés à l'Est, est-ce qu'ils vont bien ?

— Je vais me renseigner, mon petit. Mais, je dois connaître leurs noms, les vrais…

— Les Feldstein, Isaac et Antoinette. Héléna, Jacob et Léon Rosenbaum. Tu veux le vrai prénom de François ?

— Non, surtout pas. Je ne veux pas le savoir pour ne pas commettre d'impair.

Plusieurs jours s'écoulèrent sans que mon grand-père ne me donne de réponse. Samuel me proposa d'aller, comme souvent, voir le soleil d'été se coucher près du calvaire qui surplombait la vallée, là où il m'avait suivie à Noël.

— Solange, je dois te parler de quelque chose. Adrien m'a donné des nouvelles de ma famille.

— C'est vrai ! Où sont-ils ? demandai-je pleine d'espoir.

Il avait l'air grave. Il cherchait ses mots :

— Adrien a préféré m'en parler d'abord, il ne savait pas comment te le dire. Je lui ai proposé de le faire à sa place.

— Tu me fais peur. Qu'est-ce qui se passe ?

— En juillet 42, mes parents ont été déportés dans un camp en Pologne ou en Allemagne. Léna, Jacob et Léon ont été envoyés en août 42 du camp de Pithiviers à Drancy. Eux aussi ont été envoyés par train à l'Est.

— Ils servent de main d'œuvre aux Allemands alors ?

Son silence sembla durer une éternité, cependant il finit par poursuivre :

— Toutes les personnes déportées à l'Est ne travaillent pas dans les usines allemandes. Les convois qui partent à l'Est envoient les gens à la mort, Solange.

— Je ne comprends pas. Comment ça « à la mort » ?

— Un petit nombre de déportés travaille effectivement pour les Allemands, mais la plupart d'entre eux sont assassinés à leur arrivée.

— Non, tu racontes n'importe quoi ! Ils ne peuvent pas tuer tant de gens. Ça n'a pas de sens !

Je me levai, ne supportant pas d'en entendre plus. Je criai :

— Ceux qui racontent de telles idioties mentent, forcément. Ça ferait trop de gens à supprimer. Et ils ne se laisseraient pas emmener à la mort comme ça, sans rien faire. Ça n'a pas de sens !

— Solange, écoute-moi !

— Non !

Il essaya de me prendre dans ses bras, je me dégageai. Comment pouvait-il croire de telles histoires ?

— Solange, quand les gens arrivent dans les camps, les Allemands les sélectionnent, puis les tuent. Ils gardent les plus valides et éliminent les autres : les enfants, les personnes âgées, les malades, les femmes enceintes, tous ceux jugés inaptes au travail. Il y a des témoignages. Des gens qui se sont échappés l'ont raconté.

C'était trop à entendre. Je voyais dans son regard qu'il y croyait. Pourtant, cela n'était pas possible ! C'était même complètement inconcevable ! Les Allemands ne pouvaient pas être cruels au point d'imaginer une telle ignominie ! Aucun être humain n'en était capable ! J'aurais voulu hurler ma colère, néanmoins aucun cri ne sortait de ma gorge. Je pensai alors à Léon. Léon n'était qu'un bébé ! Mon Léon que j'avais mis au monde ! Non, Léna ne permettrait pas qu'on fasse du mal à son fils !

Samuel me serrait contre lui alors que je me débattais. Quand je réalisai qu'il pleurait, je me calmai. Ce fut moi qui le soutins. Il pleurait sa famille, sa vie, ses espoirs. Je le pris dans les bras. Je le laissai exprimer tout le chagrin qu'il taisait jusqu'à maintenant, afin de nous protéger Hannah et moi. Il avait voulu être fort. Cette fois, c'en était trop pour celui qui avait vu avant nous tous ce qui allait se passer. Combien cette guerre nous prendrait-elle encore d'êtres chers ?

En rentrant, j'avais l'impression d'avoir disputé un combat de boxe tant mon corps était lourd et endolori. J'allai retrouver Hannah qui était déjà couchée. Je m'allongeai contre elle, écoutant son souffle tranquille et régulier. Un jour, je devrais lui dire. Elle ne comprendrait sûrement pas comment la haine de l'autre pouvait être à ce point destructrice.

# 21

Une part de moi s'était éteinte depuis les révélations de Samuel. J'avais encore plus peur pour Hannah et lui. Ils étaient tout ce qui me restait, tant que Léna et les autres ne seraient pas revenus. Car au fond de moi, j'espérais qu'ils avaient échappé à la mort et que, la guerre finie, ils rentreraient.

En septembre 43, l'armée d'occupation italienne fut remplacée par les troupes allemandes. La menace semblait se rapprocher de nous en cercles concentriques. Mes rapports avec ma grand-mère avaient évolué. Elle m'avait sentie plus fragile, elle s'était adoucie. Adrien et Samuel étaient toujours fourrés ensemble. Je les soupçonnais de s'être mis à faire de la résistance ou du marché noir, ce que j'aurais vraiment préféré.

Ce fut à cette période qu'Alice prit l'habitude de sortir le soir. Nous pensions tous qu'elle avait dû faire la connaissance de quelqu'un. Nous en eûmes la confirmation lorsqu'elle demanda à ma grand-mère la permission d'amener un homme pour dîner.

Le samedi soir suivant, nous attendions tous le soupirant au salon, quand celui-ci sonna. Surexcitée, Alice se dépêcha d'ouvrir et revint avec l'heureux élu. Il était en uniforme. Très grand, très beau, la coupe de cheveux impeccable, ses bottes cirées, Fritz était aussi et surtout allemand. Je regardai Adrien et Samuel, qui ne laissèrent rien paraître de leur sidération. Ma cousine était en train de faire entrer le loup dans la bergerie.

Fritz fut d'une courtoisie sans faille, vantant les mérites de notre beau pays. Il s'intéressa à chacun, posant des questions, semblant même porter une grande attention aux réponses. Il avait tout du fiancé parfait, à ceci près qu'il était notre pire ennemi.

Dès lors, il vint souvent à la maison, ce qui me mettait très mal à l'aise, surtout lorsqu'il parlait avec Hannah. Je craignais qu'elle ne dise quelque chose qui nous trahisse. Ma grand-mère, à laquelle je n'avais jamais attribué aucune conviction politique, paraissait également dérangée par sa présence. Elle se montrait plus désagréable encore qu'à l'accoutumée.

— Tu n'as pas l'air d'apprécier Fritz, grand-mère ?

— Non, je n'aime pas cet homme ! Il n'est pas franc. Ta pauvre cousine est en train de se faire duper. Et par un Allemand en plus !

— C'est qu'il soit allemand ou qu'il se joue d'Alice qui t'embête le plus ?

— Ta cousine n'a pas assez de jugeote pour se rendre compte de la personnalité de cet individu. Le fait qu'il soit allemand le rend encore plus dangereux à mes yeux.

J'étais presque fière que ma grand-mère exprime clairement sa haine de l'occupant. J'avais enfin l'impression de partager un peu les mêmes idées qu'elle. C'était si rare. La savoir du même avis que moi me rassurait. Si un jour elle devait apprendre qui j'avais amené sous son toit, elle ferait peut-être preuve de compréhension, même si cela n'était pas sa qualité principale.

Philippe choisit également ce moment pour réapparaître dans notre paysage, mais pas de la façon dont je l'aurais imaginée. Un jour de novembre, je tombai face à face avec lui au cabinet médical. Il sortait manifestement d'une consultation avec Samuel. Je pensais que, s'il devait voir un médecin, ce serait bien lui qu'il choisirait en dernier. La situation n'était pas claire. Cela ne signifiait rien de bon. Nous nous saluâmes froidement. J'entrai ensuite dans le bureau demander des justifications à Samuel.

— C'est étrange que Philippe soit venu te consulter…

— Ne t'inquiète pas ! Il avait un petit souci de santé et préférait m'en parler.

— À toi ? Vous vous entendez finalement ?

— Nous ne sommes pas amis, l'entente est juste cordiale. Et puis, il n'allait pas venir te voir, tu sais ce qu'il pense des femmes médecins…

— Tu ne fais rien qui risquerait de t'envoyer en prison ? Je vais vous avoir un peu à l'œil quand même. Je sais qu'Adrien et toi traficotez quelque chose. Maintenant que Philippe rentre dans l'équation, je suis encore plus suspicieuse. Ça n'est pas du marché noir au moins ?

— Rien à voir avec du marché noir…

— Il y a donc bien quelque chose qui se trame.

— Effectivement, ma Solange, tu es trop suspicieuse, dit-il en m'embrassant.

# 22

Durant l'hiver 43-44, nous percevions que le vent tournait en faveur des Alliés. Des victoires successives nous laissaient espérer que les Allemands pourraient finalement être battus. Ma grand-mère était devenue très proche d'Hannah. J'appréhendais, par conséquent, le jour où il faudrait lui annoncer qu'elles n'avaient aucun lien de parenté, que tout cela n'était fondé que sur une imposture.

Début 44, je suspectais de plus en plus les hommes de la maison de faire de la résistance. J'avais déjà vu faire Samuel à Paris. Certains indices ne m'avaient pas échappé. Je trouvais cela très dangereux, d'autant plus que Fritz venait souvent rendre visite à Alice. Je réunis Adrien et Samuel afin d'en avoir le cœur net.

— Qu'est-ce que vous manigancez tous les deux ? Je sais que vous faites des choses qui vont vous mettre en danger.

— Mon petit, nous sommes des adultes, nous savons ce que nous faisons.

— Non, François est adulte. Grand-père, toi tu es un grand gamin qui pense que faire de la résistance est un formidable jeu d'espionnage !

Devant mon inquiétude, ils décidèrent de tout me raconter. Depuis que la zone libre était occupée par les Allemands, l'étau se resserrait autour de la population juive. La solution la plus sûre était de séparer les familles. Les parents se mettaient à l'abri, seuls. Les enfants, quant à eux, étaient confiés à des institutions ou à des familles prêtes à les cacher. À cette période, beaucoup de maisons d'enfants, sentant la menace des rafles se rapprocher, cherchaient également à disperser les enfants juifs dont elles s'occupaient.

Philippe, en tant que directeur d'école, connaissait beaucoup de monde. Adrien et Samuel, grâce à leurs nombreuses consultations à domicile dans la région, avaient noué des contacts sûrs parmi les familles locales. Philippe se chargeait donc de récupérer les enfants auprès d'un réseau de Résistance. Il servait également d'intermédiaire. Adrien et Samuel, pour leur part, emmenaient les enfants discrètement auprès des foyers de confiance. Les petits ainsi placés vivaient alors relativement protégés sous une fausse identité « aryenne ».

Évidemment, leur confession n'apaisa pas mes craintes, bien au contraire. J'avais conscience que cet engagement leur faisait risquer leur liberté, ou dans le pire des cas leur survie. Après les révélations sur les déportations, en aucun cas je n'aurais songé à les convaincre d'arrêter. J'espérais juste qu'ils seraient suffisamment prudents pour ne pas attirer les soupçons.

La menace la plus importante, selon moi, émanait de Fritz. Il venait désormais quotidiennement voir Alice. La plupart du temps, je l'évitais, encourageant Samuel à faire de même. Je prenais garde aussi à ce qu'Hannah ne reste jamais seule avec Alice et lui. Ces précautions ne suffisaient pas toujours à m'épargner des rencontres désagréables.

Certains soirs, je donnais des cours de piano à Hannah avant qu'elle n'aille se coucher. À la fin d'une des leçons, elle voulut montrer ses progrès à Samuel. Il s'assit avec nous sur le banc, sa nièce entre lui et moi. Nous étions tous les trois concentrés sur le clavier, lorsque la voix de Fritz nous fit sursauter :

— Quel spectacle touchant ! Vous formez une bien jolie petite famille !

Dans la bouche de n'importe qui, cette phrase m'aurait fait plaisir. Dans celle de Fritz, elle me glaça. Je perçus une insinuation rien qu'à sa façon de nous regarder. J'ordonnai donc gentiment à Hannah de rejoindre Mathilde à la cuisine. Samuel se leva afin de la laisser passer. Fritz se plaça face à lui.

— Vous avez de la chance d'avoir une femme et une petite fille tellement charmantes. J'ai constaté aussi que vous aviez une très bonne réputation parmi les habitants de Saint-Amont. Ce qui est surprenant pour un médecin qui n'est ici que depuis juillet 42, même s'il est vrai que la famille Pernel est très appréciée. Si seulement il n'y avait pas toutes ces rumeurs que les gens des petites villes de province se plaisent à colporter… Je fais généralement en sorte de les ignorer, elles sont souvent infondées.

Si j'eus envie de lui sauter à la gorge, Samuel, quant à lui, resta courtois et souriant :

— De quelles rumeurs parlez-vous ?

— Vous savez bien, François, celles qui concernent le directeur de l'école et votre épouse. Comme je vous l'ai dit, je ne prête pas le flanc aux ragots qui manquent de crédibilité. La preuve, on vous voit parfois discuter avec monsieur Vautrin. C'est que vous n'avez pas de ressentiment l'un envers l'autre.

L'arrivée inopinée d'Alice au salon nous permit de mettre un terme à cette conversation dont le double sens m'échappait un peu. Samuel et moi quittâmes alors volontiers la pièce afin d'aller coucher Hannah.

Plus tard, dans la soirée, je m'étais isolée dans le bureau de mon grand-père qui jouxtait le salon. Je profitais ainsi de la musique qu'Alice passait au salon, sans avoir à subir la présence de Fritz.

— Qu'est-ce que tu fais toute seule, à moitié dans le noir ?

Samuel était entré dans la pièce sans que je m'en aperçoive.

— J'écoute de la musique tout en évitant le pinson et l'aigle, lui répondis-je. Pourquoi tu te montres toujours aimable avec lui ? Je ne comprends pas que tu ne sois pas plus hostile.

— Ça ne servirait à rien que je le sois. Ça le rendrait juste méfiant à mon égard.

Il me prit les mains pour m'inviter à danser. Je posai ma tête sur son épaule, tandis qu'il m'enlaçait, en tournant au rythme de la musique.

— Ça fait combien de temps qu'on n'a pas eu l'occasion de danser comme ça ?

— Depuis qu'on a quitté Paris, je pense, lui dis-je. Pourquoi Fritz a cherché à te provoquer avec des rumeurs que l'on connaît tous ?

— Je ne sais pas. Une façon de nous convaincre qu'il sait tout ce qui se passe ici. S'il savait vraiment, je serais déjà en prison. Je ne pense pas qu'il faille s'inquiéter plus que ça.

Il ajouta amusé :

— Remarque, il y a bien une rumeur qui circule que tu ne connais pas encore.

— Laquelle ?

— Il semblerait que tu sois communiste.

J'éclatai de rire :

— Communiste ! Rien que ça ! Tant que ce n'est pas gaulliste !

— Tes prises de position face à la religion ne passent pas inaperçues.

— Je préfère qu'on me pense communiste, plutôt que l'on te sache résistant et juif. Je ne veux pas qu'il t'arrive quoi que ce soit.

Je fermai les yeux, me remémorant ce soir de juillet 39 ainsi que toutes les épreuves que nous avions traversées ensemble depuis. La guerre prendrait bientôt fin. J'avais hâte de ne plus avoir à m'inquiéter à chaque fois qu'Adrien ou lui tardaient à rentrer.

La libération de la France n'était plus, en effet, un objectif irréalisable. Au printemps 1944, les Alliés avaient pris un avantage certain. On parlait de débarquement, en Provence ou en Normandie. La fin était proche, ce qui me tranquillisait un peu. J'espérais tout de même que cette perspective de libération ne ferait pas commettre d'imprudence à mes résistants.

Le 6 juin, la Normandie devenait le théâtre du débarquement des Alliés. Nous en étions sûrs désormais, la France serait bientôt libérée. Nos vies pourraient ainsi reprendre là où nous les avions laissées avant la guerre. Il était pourtant insensé de penser que tout serait comme avant. Nous avions vécu trop de choses. Je me demandais aussi quand et comment nous retrouverions nos amis déportés.

Une autre bonne nouvelle s'ajouta à celle du débarquement. Samuel et moi étions allés voir le soleil se coucher près du calvaire. J'en profitai pour l'interroger sur la façon dont il voyait le retour à la vie parisienne.

— Je ne sais pas, ça me paraît encore inaccessible. En plus, on s'est créé un autre univers ici. Tu envisagerais de rester ?

— Je n'y avais jamais pensé. Pour moi, on rentrerait à Paris, tu reprendrais ton poste à l'hôpital et nous retrouverions ta famille.

— Ma Solange, tu ne devrais pas te faire trop d'illusions à ce sujet.

— Si, ou plutôt quand Léna et Jacob reviendront, ils reprendront Hannah.

— On se retrouvera tous les deux, comme avant. Ça va être très étrange.

— Et si on ne restait pas tous les deux très longtemps ? ajoutai-je en posant une main sur mon ventre.

Son regard s'éclaira. Il mit à son tour la main sur mon ventre.

— Il est prévu pour quand, Solange ?

— Novembre. Je ne pensais pas être capable de tomber enceinte, encore moins de le rester. Là, ça fait quatre mois, et ce bébé s'accroche finalement. Alors, je me dis que, cette fois, ça pourrait être notre petit miracle.

Il me serra dans ses bras.

— Je suis tellement heureux, même si j'aurais préféré que cette grossesse arrive après la guerre.

— Elle est bientôt terminée.

— J'espère. J'espère vraiment. Je voudrais que notre fille naisse libre.

— Une fille ? Tu as l'air bien sûr de toi !

— J'ai une chance sur deux d'avoir raison. Mais, je sens que c'est une fille.

Rentrés à la maison, nous annonçâmes au reste de la famille la bonne nouvelle. Tout le monde semblait content, même Catherine, qui pourtant n'avait jamais fait preuve d'un enthousiasme débordant devant l'évolution de ma vie personnelle.

— Je suis ravie pour toi, Solange. Ton mari est quelqu'un de très bien. C'est une bonne chose que tu aies rencontré un homme comme lui pour fonder une famille.

— Merci, grand-mère. Ça me touche que tu penses ça.

Notre échange se limita à ces quelques phrases, cependant, pour nous, c'était déjà énorme. Nous n'avions jamais été proches : je ne lui faisais jamais de confidences, tandis qu'elle se contentait de me faire des reproches. C'était ainsi que nous fonctionnions depuis toujours. J'ai longtemps cru que c'était de l'indifférence, le futur me révèlerait toutefois qu'il s'agissait juste de pudeur. Elle ne savait pas montrer aux gens qu'elle tenait à eux, autrement qu'en les rabrouant. Cette femme n'avait vraiment rien de maternel. Parfois, avec Hannah, je décelai tout de même une certaine tendresse : lorsqu'elle lui caressait les cheveux, lorsqu'elle lui prenait la main pour l'emmener à l'école, quand elle l'attirait près d'elle pour lui lire une histoire ou m'écouter jouer du piano.

Samuel me dévoilait, lui aussi, une autre facette de sa personnalité. Depuis qu'il avait appris ma grossesse, il avait instauré un rituel, tous les soirs, avant de nous coucher. Allongée sur le lit, il me demandait de boucher mes oreilles afin de parler seul à seul avec sa fille. Je trouvais tellement attendrissant de le voir penché sur mon ventre, à chuchoter des mots à un enfant que ni lui ni moi n'avions envisagé si tôt.

Nous nous étions, en fin de compte, habitués à ce petit intrus qui compléterait bientôt notre famille faite de bric et de broc. En parler nous permettait de rendre les choses plus concrètes, comme lorsque nous évoquions le choix d'un prénom. Je demandai un jour à Samuel s'il y avait réfléchi. Il leva le nez de son livre pour répondre avec enthousiasme :

— Bien sûr ! Je pensais au prénom de ma grand-mère !

Je me retins de pouffer de rire en voyant son air sérieux.

— Mais ta grand-mère s'appelle… Comment le dis-tu déjà ?

— Fiekchen.

— Samuel, je veux pouvoir prononcer le prénom de ma fille quand même. Je ne parviendrais déjà pas à l'écrire sans modèle…

— On trouvera un diminutif.

Je n'avais pas envie de le vexer, tant il semblait y tenir. J'essayai donc un autre argument :

— Ce n'est pas une bonne idée de donner un prénom à consonance allemande par les temps qui courent.

— Tu as raison, je n'y avais pas pensé. Nous le garderons pour le suivant alors.

J'étais piégée. Il m'embrassa et se replongea dans sa lecture. Puis, j'entendis son rire. Son rire si naturel et si communicatif que j'adorais.

— Ma pauvre Solange, tu aurais vu ton regard ! J'ai eu du mal à rester impassible tant tu avais l'air désespérée.

— Tu peux vraiment être crétin parfois ! Et moi qui prenais des précautions pour ne pas te vexer, dis-je en partant dans un immense éclat de rire.

— Je crois qu'on devrait attendre de la voir pour choisir. Le prénom viendra tout seul.

Cela était effectivement plutôt sensé. Comment nommer quelqu'un que l'on n'a pas encore rencontré ? Le prénom s'imposerait de lui-même. D'ailleurs, ce bébé pouvait très bien être un garçon.

# 23

En juillet 44, ma grossesse se déroulait parfaitement, Hannah était heureuse, mes grands-parents s'étaient habitués à notre présence. J'aurais dû me douter qu'il s'agissait du calme avant la tempête. Une tempête qui allait se déchaîner sur nous et changer tous nos projets.

Un soir, Philippe vint discrètement nous voir. Le couple de paysans qui devait s'occuper de Simon, un jeune adolescent juif de douze ans, ne se sentait plus en sécurité. Ils suspectaient quelqu'un d'avoir repéré leurs agissements. Il était trop dangereux pour eux et pour l'enfant de l'héberger. Philippe nous demanda donc de le cacher dans notre cabinet, le temps de trouver un endroit plus sûr. Le garder dans l'école aurait été plus imprudent que chez nous. Cela nous paraissait risqué, cependant que pouvions-nous faire d'autre ? Je m'occupai d'installer le jeune garçon dans une petite pièce qui nous servait de débarras. Aucun patient n'y entrait jamais, il était donc fort peu probable que quelqu'un le remarque.

Nous gardâmes Simon deux jours. Samuel et moi nous relayions pour lui apporter de la nourriture. Nous prenions toutes les précautions nécessaires. Nous étions sûrs que personne ne nous avait vus. Pourtant, quelqu'un savait. Je ne découvris jamais s'il s'agissait d'un voisin, de quelqu'un qui avait déjà remarqué les agissements de Philippe, Samuel et

Adrien, ou encore de Fritz. Néanmoins, il avait suffi de deux jours pour que quelqu'un nous dénonce.

Le troisième jour, des Allemands avec des chiens arrivèrent dans la propriété. Ils se dirigèrent directement vers notre cabinet. Ils trouvèrent Simon qu'ils arrêtèrent. Je tentai en vain de les en dissuader. Une fois l'enfant dans leur véhicule, ils se tournèrent vers nous. Ils arrêtèrent Samuel. Hannah se jeta sur lui. Ils arrachèrent la fillette de ses bras. Les chiens aboyaient, montrant ostensiblement les crocs. J'essayai de m'interposer :

— Nous n'avons rien fait de mal ! Ce n'est qu'un enfant !

— Solange, tais-toi ! Ne dis rien ! m'ordonna Samuel.

— Mais on a juste pris soin d'un enfant ! Pourquoi les emmenez-vous ?

— Ce sont les ordres, et nous devons vous emmener aussi, intervint un des soldats en m'attrapant.

— Non ! Ne la touchez pas ! Elle n'a rien fait. C'est moi qui ai tout fait seul, cria Samuel.

— Pas la peine d'essayer de la protéger, on vous a dénoncés tous les deux.

Les soldats nous mirent à notre tour dans le véhicule. J'entendis Hannah nous appeler. Ses cris me déchirèrent le cœur. Catherine essaya de la retenir comme elle put, elle réussit tout de même à se dégager. Elle courut un moment derrière le véhicule qui accéléra. Je n'eus que le temps de voir Adrien relever Hannah qui était tombée sur la route, en larmes. Samuel parvint à me prendre la main et à me dire de ne pas m'inquiéter.

Nous fûmes incarcérés dans une prison à quelques dizaines de kilomètres de Saint-Amont. Je fus rapidement séparée de Samuel. Je ne le vis qu'au bout de quelques jours, dans la cour de la prison. Il me serra contre lui, puis me chuchota doucement à l'oreille :

— Solange, écoute attentivement ce que je vais te dire. Tu vas être libérée. Philippe a trouvé le moyen de te faire sortir. Tiens encore un peu.

— Et toi ?

— Je ne sors pas. On n'a trouvé que cette solution. Je reste et, toi, ils te libèrent.

— Comment ça tu restes ?! Non !

Il me dit avec un ton empreint de colère et de désespoir :

— Solange, bon sang, tu ne peux jamais faire les choses sans dire non d'emblée ! Je t'en prie.

— Je ne pars pas sans toi !

— Ils m'envoient à Drancy.

— Drancy... Ils te déportent ?

À aucun moment, il ne haussa le ton. Sa voix resta calme, bien que déterminée :

— Probablement. Mais tu dois continuer, Solange. Promets-moi de ne pas t'effondrer. Tu te relèveras, ma Solange, promets, je t'en prie...

— Je te promets, dis-je la voix mal assurée.

— Je pars l'esprit tranquille alors de savoir que notre bébé et toi serez sains et saufs. Je t'aime Solange. Je n'ai aimé que toi, tu le sais ?

— Je le sais, je t'aime aussi.

Nous eûmes à peine le temps de nous embrasser qu'on l'arracha à moi. Je mis quelques secondes à comprendre qu'on l'emmenait. Je tentai alors vainement de les en empêcher. Quelqu'un me frappa, je tombai à terre. J'entendis Samuel m'appeler, pourtant, sa voix paraissait déjà plus lointaine. Je pris un autre coup qui me fit perdre connaissance.

Je gardais peu de souvenir de ce qui suivit. Je me rappelais seulement être allongée dans une cellule sombre et froide. Je n'avais plus envie de me battre. J'étais faible, je voulais me laisser gagner par le sommeil. Lucide, j'aurais su qu'il ne fallait surtout pas céder à la fatigue. À cet instant, néanmoins, je n'avais envie que de m'enfoncer. Une femme me prit alors dans ses bras. Une présence fantomatique blonde, à la voix douce, me dit :

— Solange, tu te lèves et tu te bats. N'abandonne pas. Tu n'as pas fait tout ça pour que tout s'arrête maintenant. Ma fille a besoin de toi. Hannah ne pourra pas continuer sans nous deux. Elle n'a plus que toi. Pense à ta fille aussi.

— Je ne peux pas, Léna. C'est trop dur.

— Fais un effort, juste un. Il y a trop de gens qui comptent encore sur toi.

— Léna, tu me manques tellement.

— Tu ne dois pas t'endormir Solange. Tu lui as promis. Ne cède pas…

Elle me reposa sur le sol et disparut dans la pénombre de la cellule. Je n'étais pas sûre d'avoir rêvé. Léna pouvait-elle vraiment être là ? Je me relevai. Engourdie, je me redressai. J'appuyai mon dos contre le mur. Je ressentis le froid et l'humidité de la pierre au travers de ma robe. On vint brusquement me chercher. Je tenais à peine debout. J'avais mal à la tête. Je sentais que du sang avait séché sur mon visage. On me traîna jusqu'à la grille de la prison. Je m'effondrai alors contre la personne qui me tendait les bras.

Philippe tenta de me faire marcher. Cela me demandait trop d'efforts. Alors, il passa mes bras autour de son cou, me souleva et me transporta jusqu'à sa voiture. Puis, il démarra. Nous quittâmes l'endroit où j'avais fait mes adieux à Samuel. Je fis le chemin du retour dans un demi-sommeil. Parfois, Philippe posait sa main sur la mienne, vérifiant que j'étais toujours consciente.

Enfin, j'aperçus les murs du jardin. Philippe entra dans la propriété jusqu'aux marches de la maison. Mon grand-père sortit à ma rencontre pour m'escorter à l'intérieur. J'entrai, chancelante, dans le salon où Hannah était endormie sur le canapé, la tête posée sur les genoux de Catherine. Je m'approchai d'elle et m'agenouillai, prenant garde de ne pas la réveiller. Je la regardai dormir si paisible, n'osant pas la toucher.

La main chaude de ma grand-mère saisit soudain délicatement la mienne. Je tournai mon visage vers elle, elle me sourit. Dans son regard et son sourire, je lus toute la tendresse et la peine qu'elle avait pour moi. Je m'effondrai en pleurant :

— Ils l'ont emmené grand-mère ! Ils me l'ont pris, lui aussi !

— Garde espoir, petite Solange.

Les jours suivants, je les passai au lit, veillée par mes grands-parents, Hannah et même Alice. Notre arrestation lui avait ouvert les yeux sur nos ennemis. Lorsqu'elle avait demandé à Fritz d'intervenir, il lui avait répondu qu'il ne voulait ni ne pouvait rien faire, que nous étions des traîtres. Elle avait alors tourné les talons, ne lui adressant pas même un regard quand il l'avait appelée une dernière fois. Elle ne supportait pas de se trouver de ce côté-là. Nous étions sa famille. Elle l'avait quitté.

Je repris vie en même temps que la France était libérée. Au mois d'août, les Allemands étaient attaqués de toute part. Ils n'avaient plus comme solution que la fuite. Je reçus alors un courrier de Samuel datant du 25 juillet 1944. Il m'avait envoyé une dernière lettre de Drancy, juste avant sa déportation.

Paris était libéré et bientôt la Provence. Les Allemands partis, je n'avais plus rien à cacher. J'avouai enfin à ma famille la véritable identité de Samuel, d'Hannah, notre fuite pour venir ici. Ma grand-mère ne sembla pas plus étonnée que cela de la situation d'Hannah. Je supposai que la fillette avait dû parler, et ma grand-mère se faire complice de son secret. J'étais soulagée d'un énorme fardeau.

# 24

Dès l'automne 44, des Français qui hier serraient la main de l'occupant étaient devenus des parangons de la liberté aux côtés des vrais résistants. Ils participèrent aux règlements de comptes vis-à-vis de ceux qui, à leurs yeux, avaient fait bien pire. Afin de détourner l'attention sur leur manque de scrupules pendant la guerre, ils montraient dorénavant du doigt les collabos notoires, notamment les femmes qui avaient eu des aventures avec des soldats allemands.

Ce fut donc naturellement qu'ils se présentèrent chez nous, déterminés à raser la tête d'Alice et à l'humilier publiquement. Même si sa conduite avait été légère, elle n'avait pas fait pire que ceux qui nous avaient dénoncés pour avoir protégé un enfant de douze ans. Elle n'avait fait qu'aimer un homme qui lui était interdit, un peu comme moi en définitive.

Je sortis de mon cabinet, me dépêchant de traverser le jardin. Alice était tirée par les cheveux, Hannah pleurait, tandis que mes grands-parents tentaient de les raisonner. Ces hommes et ces femmes n'entendaient rien, tant ils étaient galvanisés. Sans réfléchir, je me rendis dans le bureau de mon grand-père où j'attrapai son fusil. Je retournai dans le jardin avant qu'ils n'aient eu le temps de raser complètement Alice. Je les mis en joue.

— Lâchez-la ou je vous tire comme des lapins ! Pour qui vous prenez-vous ? J'en connais quelques-uns parmi vous. J'ai vu ce que vous avez fait pendant la guerre, et je sais que les Allemands n'ont pas toujours été bons à jeter aux chiens pour certains !

Le fusil calé sur l'épaule, je ne cédais pas. Je ne pouvais pas céder. Je voyais Alice, à genoux, humiliée, à côté de ces gens qui se comportaient comme des bêtes sauvages. J'avais si mal pour elle. Ils me dévisageaient tous comme si j'étais une petite fille faisant un caprice. Alors, je fis ce que Samuel m'avait appris : je visai l'arbre près d'eux, me concentrai et tirai. Je touchai ma cible. Je sentis le bébé faire un bond dans mon ventre désormais énorme.

Décontenancés et conscients que j'étais sérieuse, ils relâchèrent Alice. Ils quittèrent la propriété, non sans afficher un air méprisant. Ma cousine se précipita dans les bras de Catherine qui la ramena à l'intérieur. Mes mains étaient crispées autour de l'arme. Quand mon grand-père me retira le fusil des mains, je tremblais encore.

— Tu peux lâcher maintenant, mon petit ! C'est bien ce que tu as fait.

Je le regardai, encore effarée de ce que je venais de faire afin de protéger les miens. Cela n'était pourtant pas la première fois que j'étais poussée dans mes retranchements pour sauver ceux que j'aimais. À cet instant, je pris conscience que la guerre nous obligeait sans cesse à aller puiser en chacun de nous des ressources insoupçonnées. Elle n'était qu'un prisme qui pouvait faire ressortir le pire comme le meilleur chez les individus.

J'allai ensuite retrouver Alice dans la maison. Je saisis un linge propre et de quoi désinfecter ses blessures. Je m'appliquai à nettoyer les plaies que les morsures du rasoir avaient laissées sur son cuir chevelu. Ma grand-mère se trouvait également dans la pièce. Je lus la fierté dans ses yeux lorsqu'elle me regarda. Elle posa un baiser sur le front d'Alice, puis une main sur mon épaule.

— Samuel serait très fier de toi !

C'était la première fois qu'elle l'appelait par son véritable prénom. J'avais comme une boule douloureuse dans la gorge. Mes yeux me piquaient. Afin de masquer mon trouble, je continuai de soigner Alice, en silence. Lorsque nos regards se croisèrent, ses sanglots éclatèrent. Elle laissa s'exprimer toute la frayeur qu'elle venait d'éprouver. Je la pris contre moi et la consolai comme une enfant, car, dans le fond, c'était ce qu'elle était encore jusque-là. Alice ne voulut pas quitter la maison pendant quelque temps. Puis, tout s'apaisa. La vie reprit son cours.

Je jouais régulièrement du piano avec Hannah assise près de moi. C'était ainsi que je berçais mes deux bébés : celui qui désormais avait huit ans et celui qui profitait encore de la chaleur de mon ventre. Lorsque je jouais, je ne percevais plus aucun coup de pied. Il semblait vraiment s'endormir au son de la musique. Et surtout, en fermant les yeux, je pouvais sentir les mains de Samuel sur mes épaules, comme la première fois où j'avais joué pour lui. Sa voix et son rire devaient probablement manquer au bébé, autant qu'ils me manquaient. Peut-être pensait-il d'ailleurs que son père l'avait abandonné. J'espérais que les morceaux que je lui interprétais l'apaisaient et comblaient un peu cette absence.

Un jour de novembre, pourtant, cela ne calma pas du tout le bébé. Je me mis à ressentir de vives douleurs dans le ventre. Elles étaient de plus en plus rapprochées, de plus en plus intenses. Cela ne faisait plus de doute pour le médecin que j'étais : j'allais accoucher. Je demandai à Hannah de prévenir mon grand-père.

Lorsqu'il arriva, ma grand-mère m'aidait à monter dans ma chambre. J'étais morte de peur. Je ne pourrais pas faire sortir cet être humain de mon corps. Cela n'était pas possible. Catherine chercha à me rassurer :

— Tu l'as déjà fait une fois, le corps a de la mémoire.

Je lui rappelai que je n'avais pas porté Hannah. Je n'avais jamais vécu cela. C'était totalement inconnu. Effrayée, tout se bousculait alors dans mon esprit. Je ne pouvais pas donner naissance à mon enfant sans Samuel ! Et, si je mourais, comme ma mère ? Qui s'occuperait des enfants ? Mon grand-père me confirma que le bébé s'en fichait, qu'il serait bientôt là. Alice l'assistait. Elle attendait, un linge dans les mains, de recueillir le nouveau-né.

Je poussai plusieurs fois jusqu'à entendre enfin ses premiers pleurs. Alice le prit, l'essuya, puis me le tendit. Elle m'annonça, émue, que c'était une fille. Quelques minutes plus tard, Hannah entra dans ma chambre à son tour. Elle s'allongea près de moi, son front contre le mien, le bébé entre nous. Je lui dis :

— Toi aussi tu sais comment elle va s'appeler ?!

— Comme maman…

— Comme maman… On va l'appeler Hélène.

Dès ses premières heures, ma fille fut un bébé très paisible. Elle ne pleurait que pour réclamer à manger. Ses yeux étaient d'un bleu très sombre, mais je savais que, bientôt, ils auraient la même couleur que ceux de son père. Parfois, avec Hannah, nous emmenions Hélène assister au coucher du soleil près du calvaire. Ma grand-mère ne me proposa même pas de faire baptiser la petite. C'était la plus belle bénédiction qu'elle pouvait me donner.

# 25

Au printemps 1945, nous apprîmes que les camps de prisonniers à l'Est étaient progressivement libérés. Les survivants allaient revenir et avec eux, je l'espérais, tous ceux que j'avais perdus. Je devais rentrer à Paris les chercher.

Mes grands-parents gardèrent Hannah, tandis que je montais sur la capitale avec Hélène, que j'allaitais encore. Alice, qui avait besoin de changer d'air, m'accompagnait également. Elle avait tant mûri ces derniers mois. La guerre avait fait d'elle une adulte.

Paris était pareil, mais, en même temps, si différent. Naturellement, le monde avait continué de vivre en notre absence, indifférent à notre sort. Nous nous rendîmes à mon appartement. Madame Perrier était toujours la concierge de notre immeuble. Elle me salua chaleureusement. Elle m'abandonna cependant rapidement pour se jeter sur mon bébé. Je lui racontai brièvement ce que nous avions fait depuis notre départ. Elle m'apprit que quelques semaines après notre fuite, des Allemands étaient venus chercher Samuel, qu'ils n'avaient évidemment pas trouvé. Nous avions donc pris la bonne décision en juillet 42. Si nous avions douté sur le moment, *a posteriori*, c'était la meilleure chose à faire.

Nadine s'était chargée de prendre soin régulièrement de mon appartement. Je l'avais tenue informée de ma vie à Saint-

Amont. Elle savait pour Hélène et attendait avec impatience de la rencontrer. Lorsque je pénétrai chez moi, tout était comme je l'avais laissé. Si Samuel était arrivé pour m'embrasser, je n'aurais pas été surprise. J'avais l'impression de me retrouver en 42. Les pleurs affamés d'Hélène me ramenèrent en 45.

Je retrouvai rapidement mes habitudes. Je posai sur la commode de ma chambre mon coffret en bois qui m'avait suivie à Saint-Amont. Je ne savais pas dans quoi faire dormir Hélène. Je vis alors les clés de Léna. Je confiai le bébé à Alice. Je montai seule dans cet appartement où je n'avais pas remis les pieds depuis juillet 42, quand j'y avais pris des affaires pour Hannah.

L'appartement était silencieux, plongé dans la pénombre. J'ouvris un volet et me dirigeai ensuite vers la chambre de Léon. J'y trouvai son berceau, que Léna avait conservé dans un coin de la pièce. Je le descendis pour ma fille. Cela remuait tant de choses en moi. On aurait dit qu'il s'était écoulé des décennies. Je me sentais comme la Belle au bois dormant se réveillant après un siècle, dans un château qui s'était endormi en même temps qu'elle.

Dès le lendemain, j'allai au Lutétia. Cet hôtel de luxe parisien qui, pendant la guerre, abritait les Allemands, accueillait dorénavant les déportés qui revenaient des camps. Les retours y étaient centralisés. Si l'on voulait retrouver quelqu'un ou laisser des coordonnées, c'était là qu'il fallait se rendre. J'enregistrai donc les noms des personnes que je cherchais.

*Héléna Rosenbaum, née en 1917, déportée en août 42*
*Jacob Rosenbaum, né en 1915, déporté en août 42*
*Léon Rosenbaum, né en 1939, déporté en août 42*
*Isaac Feldstein, né en 1890, déporté en juillet 42*
*Antoinette Feldstein, née en 1892, déportée en juillet 42*

*Samuel Feldstein/François Dunoyer, né en 1913, déporté en juillet 44*[3]

On m'apprit qu'aucun d'entre eux n'était encore revenu. Pour autant, ce n'était que le début des retours. Tous les espoirs étaient permis. Je regardai ensuite les photos de tous ces disparus que les gens recherchaient avec l'espoir, au moins, de savoir ce qui leur était réellement arrivé. Le pire était l'incertitude. Tant que l'on ne savait pas, on attendait. Au bout de combien de temps arrête-t-on d'attendre quelqu'un dont on ne sait pas s'il est mort ? Y a-t-il une règle scientifique, logique, à suivre ? À partir de quand se dit-on que finalement la personne ne reviendra plus ?

Mais, surtout, je vis les déportés. Ceux qui revenaient de ce qui semblait être un enfer. Décharnés, le regard vide, les yeux globuleux qui leur mangeaient le visage, les joues creuses, les cheveux rasés, et les pyjamas rayés. Qu'avaient donc connu ces gens pour ressembler à cela ? La faim, la peur, le froid, la souffrance… Tout à la fois sûrement… Je rentrai chez moi bouleversée, me demandant si j'arriverais à reconnaître les miens lorsque je les croiserais.

Le lendemain, je rendis visite à Nadine, accompagnée d'Alice et Hélène. Que cette femme m'avait manqué ! Elle me serra contre elle avec une force que je ne lui soupçonnais pas. Elle prit ensuite Hélène dans les bras. Sa voix trahissait son émotion qui devenait intense.

— Mon Dieu, qu'elle est belle !

— Et très sage !

---

[3] Malgré l'avancée des Alliés, les Allemands font encore partir des convois de déportés depuis la France vers les camps de concentration jusqu'au 12 novembre 1944 (convoi parti de Metz vers Dachau). Le dernier convoi parti de Drancy date du 17 août 1944.

— C'est le portrait de son père !

— C'est lui que je vois quand je la regarde. C'est étrange de se dire qu'ils sont si liés alors qu'ils ne se sont jamais croisés.

Cette réalité me frappa comme une gifle. Ils ne s'étaient jamais rencontrés ! Amener Hélène à Paris me faisait l'effet de mélanger deux univers qui n'avaient rien à voir.

Je songeai soudain que je devais retrouver Robert. Je voulais savoir ce qu'était devenu notre ami. Je passai à son cabinet. Il était toujours au même endroit. Je fus soulagée de constater qu'en dépit des risques qu'il avait pris, il ne s'était pas fait arrêter. Je m'assis dans la salle d'attente. Dès qu'il sortit de son bureau, il m'aperçut. Ce que je devinai alors sur son visage, je l'avais observé tant de fois depuis la fin de l'Occupation : le bonheur de revoir quelqu'un qu'on croyait perdu et la déception de ne pas retrouver les autres. Je le saluai d'un ton moqueur, coutumier entre nous :

— Robert ! Toujours aussi bel homme !

— Solange ! Toujours aussi flatteuse ! Vous êtes de retour ? Seule ?

Je lui avouai, la mort dans l'âme, que j'étais revenue, malheureusement sans son meilleur ami. Je lui relatai la dénonciation, l'arrestation et la déportation de Samuel. J'ajoutai que j'étais revenue avec ma cousine ainsi qu'avec Hélène, ma fille de quatre mois.

Ma voix se troubla, ma vision se brouilla. Robert fut ému de ce que cela signifiait :

— Oh, Solange ! Quelle bonne nouvelle ! Samuel et vous avez eu une petite fille !

J'osai évoquer pour la première fois à voix haute l'angoisse qui me tenaillait :

— J'ai peur qu'elle ne le connaisse jamais.

— Il reviendra, j'en suis sûr. Samuel est solide !

— Mais dans quel état, Robert ? Avez-vous vu ces gens qui reviennent ? J'ai été au Lutétia. Je les ai vus… Que leur ont-ils fait ?

— Il n'y sera resté que quelques mois, et peut-être aura-t-il moins souffert que ceux qui ont été déportés lors des premières rafles. Je vais faire marcher mes contacts, si je peux glaner des renseignements supplémentaires, je vous préviendrai.

Je n'étais pas convaincue par ses arguments. Je sentais au fond de moi que ce n'était pas une question de logique : survivre à une telle horreur ne pouvait pas s'expliquer de manière aussi rationnelle.

Plusieurs fois par semaine, je passais au Lutétia dans l'attente de nouveaux retours ou de nouveaux témoignages. Certaines familles étaient en effet informées du sort ou, dans le pire des cas, de la mort de quelqu'un par le témoignage des rescapés. Ce fut comme cela qu'un jour, on sonna à ma porte. C'était Simon, l'adolescent que nous avions caché juste avant notre arrestation.

Il avait tant grandi, pourtant cela ne faisait que quelques mois. Hélène dormait, je demandai à Alice de la surveiller afin de sortir parler avec Simon. Nous allâmes dans le parc attenant. Il était accompagné de son père qui avait échappé de justesse à la déportation. Ils venaient juste de se retrouver.

— Je suis contente que tu t'en sois sorti, Simon ! Ça me fait vraiment plaisir de te revoir.

— J'ai vu sur les listes que vous attendiez toujours François… enfin Samuel.

— Il n'est pas encore rentré.

— C'est un peu pour ça que je suis là. J'ai quelque chose pour vous.

Il sortit de sa poche un bout de papier froissé. Perplexe, je le regardai sans comprendre. Il me fit le récit de ce qui avait suivi son arrestation :

— J'ai été envoyé à Drancy avec Samuel. Le 31 juillet, nous avons été déportés ensemble pour l'Est. Une fois dans le wagon, il a décidé de m'aider à m'évader. Avec deux autres prisonniers, ils m'ont fait glisser hors du train quand il a ralenti près d'une gare. J'étais le seul enfant du wagon, et j'étais aussi le seul à pouvoir me faufiler facilement sur le ballast. Avant que je ne saute, il m'a donné ce mot pour que je vous l'envoie. Alors, je suis là pour ça… Je ne voulais pas qu'il se perde en vous l'envoyant par la poste. Je voulais vous le donner en mains propres.

— Merci, Simon, ça me touche tellement !

— C'est normal. Sans lui, je serais peut-être mort aujourd'hui. Il n'y a pas beaucoup d'enfants qui reviennent vous savez…

Les doigts tremblants, j'attrapai le papier qu'il me tendait. Je pris ensuite le jeune garçon dans mes bras. Puis, je le regardai s'éloigner, heureuse et émue que cet enfant ait survécu et retrouvé son père. Je les vis quitter le parc ensemble. Une fois seule, je n'osai pas tout de suite ouvrir le mot. J'avais conscience que ce serait forcément douloureux. Je m'assis sur un banc près de la fontaine. Le bruit de l'eau était apaisant. Tandis que des rires d'enfants éclataient autour de moi, je dépliai délicatement le papier, presque collé d'avoir passé tant de temps ainsi.

Je lus le dernier message de Samuel : « *Relève-toi, je t'aime* ». Je ne parvins même plus à discerner les mots tant mes yeux se remplirent de larmes. Me relever ? Comment ? Comment pouvais-je continuer à marcher avec des enclumes à mes chevilles ? Je rentrai et je rangeai le petit mot dans le coffret qui abritait désormais toutes mes souffrances.

# 26

Je repris ma routine au Lutétia, songeant que si des déportés rentraient, ceux que j'attendais pouvaient, eux aussi, très bien réapparaître d'un jour à l'autre. Je regardais donc les dernières listes, les derniers retours. Puis, j'allais prendre l'air sur le trottoir : voir des retrouvailles alors que, moi-même, je restais impuissante devant le manque de nouvelles de mes disparus, me rendait envieuse.

Bien sûr, ces scènes étaient merveilleuses, cependant, au fond de ceux qui y assistaient, il y avait forcément un peu de jalousie mêlée à un sentiment d'injustice. Pourquoi eux et pas moi ? Le doute succédait à l'optimisme de manière incessante. Alice me disait alors qu'au contraire j'aurais dû voir les choses du bon côté : des gens revenaient… Un jour, ce serait les personnes que l'on espérait.

Un matin que je reprenais donc mes esprits devant l'hôtel, des bus, ironiquement les mêmes qui avaient transporté les raflés pendant la guerre, déposaient des déportés, arrivés à la gare un peu plus tôt. Je regardai sans trop d'espoir les gens qui défilaient à côté de moi, tels des fantômes. Mon attention fut attirée par une silhouette dont la démarche m'était familière. La silhouette passa devant moi, nos regards se croisèrent sans se reconnaître immédiatement. J'avais l'impression qu'elle ne m'avait même pas vue. Pourtant, cela ne fit rapidement plus de doute. Je suivis le groupe, et cette personne en particulier. Je m'approchai de cet être voûté et chétif, qui avait été autrefois un homme droit et fier. Je lui touchai l'épaule afin d'attirer son attention. Il m'observa, hagard. Ce que je vis dans ses yeux me bouleversa.

— Mon Dieu, monsieur Feldstein… Isaac…

Cet homme ne pouvait pas être cet avocat méprisant qui avait fait trembler tant de monde ? Ses yeux se plantèrent dans les miens. Il m'avoua par la suite que cela faisait une éternité qu'il n'avait pas entendu son nom, puisqu'il n'avait été qu'un numéro de matricule pendant plus de deux ans.

— Isaac, répétai-je doucement en mettant ma main sur son bras. Isaac… Vous êtes revenu…

Il s'enregistra sur les listes, prit une première soupe. Il fut ensuite ausculté. Il était très faible. Son état nécessitait une courte hospitalisation. J'allais le voir tous les jours. Il dormait la plupart du temps. On aurait dit qu'il n'avait pas dormi depuis des mois. Par la suite, bien plus tard, il me raconterait les nuits, trop courtes pour récupérer des efforts physiques qu'on leur imposait, interrompues par des appels interminables, lors desquels les prisonniers devaient rester des heures debout dans le froid. Les retrouvailles avec Isaac, bien que peu démonstratives, furent tout de même très poignantes. Nous ne nous étions jamais entendus, néanmoins nos deux solitudes se rapprochèrent.

Lorsqu'il était éveillé, il parlait peu. Nous nous contentions d'échanger des regards si lourds, si amers. Nous n'avions pas besoin de nous dire à quel point la situation était difficile. Notre impuissance et notre désespoir étaient désormais comme un lien indéfectible entre nous. Pour Samuel, Léna et Antoinette, je prendrais soin de cet homme, comme eux l'auraient fait. Peu importait la façon dont il s'était conduit à mon égard, je leur devais cela.

Lorsqu'il fut autorisé à sortir, je l'invitai par conséquent chez nous, le temps de reprendre des forces avant de retrouver son domicile, dont un ami avait pris soin pendant l'Occupation et sa déportation. Quand nous arrivâmes, Alice et le bébé étaient absents. C'était mieux ainsi. Il était trop fragile pour faire face à tous les évènements qui avaient eu lieu depuis juillet 1942. D'ailleurs, savait-il pour Léna, Jacob et Léon ? Je ne lui en parlais pas pour l'instant.

Je l'emmenai d'abord prendre un bain. Je l'aidai à retirer ses vêtements, puis à se laver. J'avais l'impression de m'occuper d'un enfant. Il était si faible. Il avait la peau sur les os : je voyais ses côtes, les os de son bassin, ses clavicules... Lorsque je lavai son bras gauche, je remarquai un tatouage. Lorsqu'il vit que je fixai les chiffres, il me précisa :

— C'est mon matricule.

— Ils vous ont marqués comme des animaux ! dis-je avec effroi.

Le pyjama que je lui enfilai était bien trop grand pour lui. On aurait dit un vieillard. Je couchai ensuite Isaac dans la chambre qui avait appartenu à mon père. Je retrouvais les habitudes que j'avais eues dans ses derniers moments.

Je le laissai somnoler pendant que je lui préparais une soupe, dans laquelle je fis tremper des bouts de pain aussi petits que ceux que je donnais aux oiseaux lorsque j'étais enfant. J'entrai à nouveau dans la chambre, ouvris les rideaux. Je l'aidai à se redresser, le calant sur un oreiller. Je m'assis sur le bord du lit pour le nourrir, comme je nourrissais Hélène, et comme j'avais nourri Léon dans une vie antérieure. Dans un silence religieux, Isaac se laissa faire. Je lui souris tendrement. Entre deux cuillerées, il murmura :

— Solange, dis-moi où est mon fils ?

Je fis mine de ne pas remarquer que, pour la première fois, il m'avait tutoyée :

— Si nous en parlions plus tard ? Vous êtes encore fatigué.

— Dis-moi, Solange. Je veux savoir…

Je pris mon courage à deux mains.

— Le jour où vous vous êtes fait arrêter avec Antoinette, la rafle était sans précédent. Ils ont aussi emmené Léna, Jacob et

Léon. Samuel et moi avons gardé Hannah, puis nous sommes partis en zone libre avec de faux papiers. Nous sommes restés dans ma famille. En juillet 44, Samuel s'est fait arrêté parce qu'il avait caché un enfant juif. Il a été déporté et, depuis, je n'ai pas de nouvelles. Je suis désolée.

— Tu n'y es pour rien. Ce n'est pas toi qui as mis les gens dans des wagons à bestiaux pour les envoyer dans des camps et les exterminer.

— Racontez-moi, Isaac ! J'ai besoin de savoir ce que vous avez vécu.

Il ferma les yeux, mit sa tête en arrière, comme pour trouver la force de parler. Enfin, il se lança, d'un ton neutre d'abord. Ce 16 juillet, Antoinette et lui avaient été conduits au commissariat de quartier, puis internés à Drancy. Quelques jours plus tard, ils avaient été déportés en direction d'Auschwitz. Le trajet avait été long. Ils étaient debout, sans manger, sans boire, les uns sur les autres. Des femmes, des enfants pleuraient.

Au bout du troisième jour, Antoinette, épuisée, était morte dans ses bras. À l'arrivée, les corps de ceux qui n'avaient pas survécu, dont Antoinette, avaient été jetés sur le quai. Ensuite, on avait trié les gens : ceux qui rentreraient dans le camp de concentration et les autres. Ceux-là étaient emmenés dans des chambres à gaz, tués, brûlés… Samuel ne m'avait pas menti en 43, lorsqu'il m'avait dit que les camps n'étaient pas que des camps de travail. C'était aussi des camps d'extermination.

Je restai sans voix, pétrifiée par l'horreur. Je posai ma main sur celle d'Isaac. Il la serra, ses yeux se troublèrent. Il ajouta qu'il devait me dire ce qu'il était advenu de Léna, Jacob et du petit Léon. Je redoutais ce que j'allais entendre. Il me raconta que, quelques semaines après son arrivée à Auschwitz, il avait retrouvé Jacob qui venait d'être déporté lui aussi. Comme Isaac, il avait été tondu et tatoué. Il cherchait Léna et Léon qui étaient du même convoi. Isaac lui avait demandé ce qui s'était passé à la descente du train. Il avait répondu que, sur le quai,

Léna avait refusé qu'on la sépare de Léon. Alors, plutôt que de la mettre dans la file de ceux qui entraient dans le camp, on l'avait placée dans une autre, avec les enfants, les femmes enceintes, les malades, les vieillards. Là, Isaac avait compris. Léna et Léon n'étaient jamais entrés dans le camp. Il avait alors annoncé à Jacob qu'il ne les retrouverait jamais, qu'ils avaient été assassinés par les Allemands.

Je tentai de garder mon calme, mais l'émotion, le chagrin, la colère étaient trop vifs. Pas Léon ! Pas Léna ! Ils étaient morts ?! Je ne pouvais pas le croire. Les larmes commencèrent à couler sur les joues d'Isaac. Je sus alors que c'était vrai. Et Jacob ? Était-il revenu avec lui ? Il m'avoua que Jacob avait perdu la force de survivre en perdant sa femme et son fils. Les conditions de vie étaient très dures, il n'avait pas survécu au premier hiver.

Je me levai vers la fenêtre. J'étais bouleversée, il m'était impossible de soutenir le regard d'Isaac. J'aurais dû arracher Léon aux bras de Léna le jour où ils étaient venus les arrêter. Il aurait pleuré, m'en aurait voulu, mais cela aurait pu sauver sa vie ainsi que celle de ses parents.

— J'ai perdu toute ma famille, Solange ! Toute ma famille ! Je n'ai plus de raison d'être là. Pourquoi moi, un vieux con, ai-je survécu alors que mes enfants qui avaient la vie devant eux ont été tués ? Ça ne tient pas debout !

— Je ne sais pas quoi vous répondre, Isaac… Rien de tout cela n'a de sens ! Il vous reste Hannah. Et Samuel pourrait revenir.

J'entendis soudain la porte d'entrée qui m'indiquait qu'Alice et Hélène étaient rentrées. Je quittai la chambre d'Isaac afin de les rejoindre. Devant mon air décomposé, j'expliquai que les choses étaient encore plus horribles que je ne l'imaginais. Je lui pris Hélène des bras et entrai à nouveau dans la chambre. Isaac avait refermé les yeux. Il ne remarqua pas le bébé que je tenais avant que je ne le pose près de lui. Ses yeux s'écarquillèrent. Je vis alors sa main décharnée, tremblante, attraper les petits doigts potelés de sa petite-fille.

— Vous ne les avez pas tous perdus Isaac.

— Comment s'appelle-t-elle ?

— Hélène…

— Samuel a pu la connaître ? demanda-t-il ému.

— Non, il n'a pas eu le temps.

— Je lui parlerai de son père en attendant qu'il rentre alors.

— J'ai peur… J'ai si peur qu'il ne rentre pas, Isaac.

— Nous l'attendrons, Solange, nous l'attendrons, conclut-il plein d'espoir.

# 27

Le 8 mai 1945, la guerre était bel et bien finie. Ce fut avec ma petite famille recomposée que je fêtai cette victoire. Au fil des jours, je continuais à aller régulièrement au Lutétia. Je n'avais toujours aucune nouvelle de Samuel. Bientôt, Isaac fut assez solide pour retourner pour la première fois dans la maison familiale.

Je l'accompagnai pour cette visite qui s'annonçait éprouvante. Je le laissai déverrouiller et pousser la porte. Il faisait sombre, tout était poussiéreux. J'entrepris d'ouvrir les fenêtres afin que l'air frais puisse entrer. La pièce principale, où Antoinette et moi avions attendu, un soir, le retour de nos hommes, s'éclaira peu à peu, sans pour autant reprendre vie. Isaac fit le tour de la pièce des yeux, qui se fixèrent sur les photos de sa femme, de ses enfants, de ses petits-enfants. Il s'approcha, toucha les visages sur les images froides et figées.

Il continua rapidement la visite de la maison. Il finit par aller se remettre de ses émotions sous le cerisier où Antoinette et Léna aimaient s'installer pour observer les enfants jouer dans le jardin. J'avais hâte que cette visite prenne fin. C'était une véritable torture.

À notre retour, Isaac passa un peu de temps avec Hélène, comme il aimait le faire un peu chaque jour. J'étais heureuse de voir la relation qui s'était créée entre ces deux êtres si différents. Ma fille, par sa joie de vivre, avait abattu toutes les barrières entre elle et lui. Isaac me prévint alors que, dès qu'il serait remis, il souhaitait retourner vivre chez lui. Je l'y encourageai. Il faudrait bien, un jour, que chacun reprenne le cours de son existence. Il eut alors une réflexion qui me prit de court :

— Solange, toi aussi tu dois reprendre ta vie. On ne sait pas quand Samuel va revenir. Tu ne vas pas consacrer le reste de tes jours à prendre soin de moi en attendant qu'il rentre.

— Vous ne comprenez pas. Si je reprends une vie normale maintenant, c'est comme abandonner l'espoir qu'il revienne.

— Je comprends plus que tu ne le crois, mais tu ne peux pas te retirer du monde comme une recluse. Ce n'est pas de cette femme dont est tombé amoureux mon fils. Tu le sais.

Dès qu'Isaac se sentit prêt, nous trouvâmes, grâce à Nadine, une personne à engager pour s'occuper de lui et de sa maison. Je le ramenai donc dans l'endroit où il pourrait faire le deuil de ceux qu'il avait perdus.

— Vous voilà chez vous ! Vous allez nous manquer. L'appartement va nous paraître vide sans vous.

— Tu as réfléchi, Solange ? Toi aussi tu vas reprendre ta vie en main ?

— Oui, nous allons retourner à Saint-Amont. Robert continuera à prendre des nouvelles quant au retour de Samuel. Je reviendrai avec les filles pour vous voir de temps en temps, et vous pourrez venir aussi.

— Je viendrai avec plaisir.

Son ton devint plus grave :

— Solange, tu avais raison, je n'ai pas tout perdu. J'ai deux petites-filles en bonne santé et une fille dévouée qui a su veiller sur moi. Tu t'es occupée de moi comme Léna l'aurait fait. Il faut dire aux gens qu'ils comptent avant qu'il ne soit trop tard. On pense qu'on aura tout le temps pour ça et la vie… Je n'ai pas su le dire à mes enfants.

— Ils le savaient, ils me l'ont dit… Même Samuel.

Je comprenais enfin ce qu'avaient vu Samuel et Léna chez lui. Cet homme avait dû connaître l'horreur pour s'ouvrir un peu. Pour le pudique qu'il était, cet aveu était déjà immense.

Je dis à Alice que je souhaitais rentrer à Saint-Amont, elle préféra rester à Paris. Elle avait besoin de tout reprendre à zéro, dans une ville qui ne la jugeait pas. Je repartis donc avec Hélène et, tout de même, un goût d'inachevé de ne pas ramener son père avec nous.

Mon grand-père nous attendait à la gare. J'ignorais comment annoncer à Hannah la mort de ses parents. Je lui fis part de mon embarras. Il me conseilla de ne rien lui cacher, elle aurait besoin de la vérité pour se reconstruire.

Les retrouvailles avec ma grand-mère furent étonnamment chaleureuses, tandis qu'Hannah s'agrippa à moi pour ne plus me lâcher. Elle était si heureuse de me voir. Elle avait déjà perdu tant de personnes qu'elle aimait qu'elle avait eu peur que je ne revienne pas. Elle avait une telle angoisse à l'idée d'être séparée à nouveau de moi, que, le soir venu, elle se glissa dans mon lit. Nous restâmes allongées, face à face, sa main transformée en petite bête courant le long de mon bras. Je devinais à peine son visage dans l'obscurité. Elle était calme, inconsciente des mauvaises nouvelles dont j'étais porteuse.

Elle serait la seule chose qui me resterait de Léna, Jacob et de mon petit Léon. En grandissant, elle ressemblerait sûrement à ses parents. Cette pensée était à la fois un réconfort et comme une malédiction pour moi. Je les retrouverais à travers elle, mais, en même temps, cela me rappellerait la douleur que me provoquerait leur absence.

Le lendemain, je l'emmenai sur la tombe de ma mère.

— Tu te souviens, je t'avais dit que je venais ici pour parler à ma mère ? C'est là qu'elle est maintenant, son corps du moins. Je suis sûre que son âme est encore avec nous, c'est pour ça que je lui parle ici. Je suis persuadée que les gens qu'on aime ne nous quittent pas vraiment après leur mort. Ils restent là pour veiller sur nous.

— Tu n'as pas retrouvé maman à Paris, n'est-ce pas ? Ni papa, ni Léon ?

— Non, mon cœur, je n'ai retrouvé que ton grand-père Isaac.

— Ils sont morts ?

Devant sa franchise et sa perspicacité, je ne pus qu'être honnête :

— Oui, ils sont morts. Isaac était là. Il me l'a raconté, il n'y a malheureusement pas de doute.

— Où est-ce qu'ils sont enterrés ?

— Leurs corps sont très très loin de nous. Donc, je te propose de mettre leur photo sur la tombe de ma mère. C'est là que tu pourras leur parler, toi aussi. Tu es d'accord ?

— Je pourrai leur déposer des fleurs ?

— Oui, bien sûr.

— Je voudrais aller brûler un cierge pour eux. Tu veux bien, maman ?

— Allons-y, mon cœur.

Sa requête me parut bien légitime. Je lui accordai au moins cela. Si elle en avait besoin pour entamer son deuil, alors je serais près d'elle. Je mis alors ma réticence de côté. J'accompagnai à l'église celle qui, de toute évidence, resterait ma fille, afin d'allumer un cierge pour chaque personne aimée disparue. Elle en alluma cinq.

— Pour qui est le cinquième ? lui demandai-je.

— Pour Samuel.

La colère me saisit. Comment pouvait-elle accepter de se résigner ? Je ne croirais à sa mort que si l'on m'en apportait la preuve.

# 28

Juin débutait à peine. Les journées rallongeaient, on devinait les chaleurs de l'été approcher. Après ma journée au cabinet, j'avais hâte de retrouver mes filles quand, en arrivant dans le salon, je tombai sur Robert en grande discussion avec mes grands-parents. C'était une énorme surprise. Il me dit qu'après toutes ces années de guerre à Paris, il avait envie de prendre un peu l'air en province. Je sentais pourtant que ce n'était pas la vraie raison de sa visite.

— Qu'êtes-vous venu m'annoncer, Robert ?

— On ne peut jamais rien vous cacher.

— Vous avez des nouvelles ?

— Je voulais vous dire tout ça de vive voix.

— C'est si mauvais. Dites-moi, lui ordonnai-je doucement consciente que déjà mon corps se raidissait.

— J'ai été contacté par un homme qui a été déporté avec Samuel. Ils sont arrivés ensemble à Auschwitz. Quelques semaines plus tard, Samuel a été sélectionné avec d'autres. Il ne l'a jamais revu.

— Ça ne veut rien dire ! Il a pu être envoyé ailleurs.

— Solange, cet homme m'a expliqué que des sélections pour les chambres à gaz étaient faites quotidiennement. Je suis désolé. Je pense que l'on ne doit plus se faire d'illusions. Solange ? Vous m'entendez ?

J'étais incapable de lui répondre. Mes jambes se dérobaient sous moi. Je ne pouvais pas y croire. Je sortis de la maison dans une sorte de brouillard épais. Je ne comprenais pas. Tout ça pour ça ! Cette fuite, ces risques, ces espoirs, cette attente… pour rien. C'était tellement ridicule. Je me dirigeai mécaniquement vers le calvaire. Le soleil allait se coucher. Mes larmes ne coulaient pas. Je n'en avais plus. J'étais folle de rage. Je me tournai vers la croix et hurlai :

— Alors c'est comme ça ? Que t'ai-je fait ? Tu m'as toujours pris les gens qui comptaient pour moi ! Que faut-il que je te donne encore ? Tu n'en as pas assez ?!

Je criai à Dieu que c'était injuste, qu'il m'aurait donc tout enlevé. Je saisis au sol un large et lourd morceau de bois avec lequel je frappai le calvaire en pierre de toutes mes forces. J'y mis toute ma colère, mes regrets, mes peurs, ma rage, mon désespoir. Le bâton finit par céder. Je m'effondrai à genoux, en larmes, au pied du calvaire.

Une main se posa soudain dans mon dos, la main maternelle de quelqu'un qui ne pouvait que me regarder souffrir, mais qui me montrait qu'elle était là, avec moi. Je levai mon visage. Ma grand-mère était venue s'asseoir auprès de moi. Je m'écroulai sur elle, secouée par les sanglots. Lorsque mon corps se calma, j'étais épuisée, Catherine me caressant doucement le front. Malgré mon chagrin, je percevais tout l'amour qu'elle avait pour moi. Elle non plus n'avait jamais su le montrer. Il fallait juste lire entre les lignes.

Ma vie sans Samuel commença alors, vide, triste. J'avais annoncé à Hannah qu'il ne reviendrait pas. Elle ne sembla pas affectée. Comme toujours, elle gardait tout pour elle. J'aurais tant préféré qu'elle pleure, qu'elle s'insurge. Son silence et sa passivité étaient bien pires. À neuf ans, cette enfant avait déjà tellement souffert qu'elle ne prenait plus la peine d'exprimer son chagrin. Malgré tout, elle continuait quotidiennement à me parler de lui. Parfois, je la surprenais à parler de Samuel à Hélène, à lui raconter leurs habitudes, leurs jeux, leurs secrets.

J'essayais de garder la tête hors de l'eau, cependant tout me coûtait : les gestes du quotidien, le travail, la vie... Mon grand-père tentait de me réconforter comme il pouvait.

— Tout passe, mon petit. Ça aussi, ça passera. Aujourd'hui, tu as l'impression que ton deuil est insurmontable mais, crois-moi, peu à peu, ça passera. Au début, ce sera imperceptible. Pourtant, un matin, tu te réveilleras, et Samuel ne sera pas la première chose à laquelle tu penseras. Continuer sans lui ne sera jamais facile, malgré ça, tu réussiras quand même à te relever.

— Grand-père, je ne veux pas arrêter de penser à lui ! Ce serait le laisser partir pour de bon.

— Justement, laisse-le partir ! Trouve un moyen de lui dire que tu l'aimes, que tu l'aimeras toujours, mais que, pour rester debout, tu dois accepter qu'il ne reviendra pas.

Il m'abandonna à mes pensées, face à l'étang. Je décidai finalement d'écrire une lettre à Samuel. Les lettres avaient toujours été ce qui nous avait maintenus reliés l'un à l'autre toutes ces années, en dépit des séparations. Je rédigeai alors la lettre la plus douloureuse que je n'avais jamais eu à écrire. Nous étions le 19 juin 1945. Une fois terminée, je la plaçai dans mon coffret. Désormais, je pouvais continuer.

Quelques jours plus tard, Hannah voulut savoir pourquoi Hélène n'était pas baptisée. Je lui expliquai que je ne croyais pas en Dieu, qu'il était hors de question pour moi de lui imposer une religion. Elle choisirait quand elle serait assez grande, si elle en ressentait le besoin. Hannah était inquiète : si Hélène mourait, elle n'irait pas rejoindre les autres, restant dans les limbes, toute seule. Qui prendrait soin d'elle si elle n'allait pas au paradis ? Afin de la rassurer, je lui promis d'organiser notre propre cérémonie.

Le lendemain, la journée était chaude et ensoleillée. C'était le moment parfait pour ce que j'avais prévu. J'emmenai mes filles à l'étang. Je posai Hélène sur une couverture et retirai mes chaussures. Je dis à Hannah de se déchausser également. Puis, je rentrai dans l'eau avec elle, en tenant Hélène dans mes bras. L'eau fut comme une morsure sur nos chevilles tant elle était fraîche. Je prélevai alors dans le creux de ma main quelques gouttes de l'eau de l'étang que je déversai sur le front de mon bébé. J'invitai Hannah à faire de même. Je lui confiai que, de cette façon, Hélène était désormais protégée. Il y aurait toujours quelqu'un qui veillerait sur elle.

# 29

*Saint-Amont, juillet 1945*

Il me fut terrible de constater que mon grand-père avait raison. Cette lettre avait mis un point final à ma vie avec Samuel. Je l'avais accepté, même si je ressentais un vide abyssal au fond de moi. J'essayais de reprendre mon existence en main. J'avais l'impression de refaire surface après une maladie qui m'aurait ôté toute mon énergie. Les longues promenades avec Hannah faisaient partie de ma convalescence.

Un après-midi ensoleillé, nous étions parties faire le plein de fleurs sauvages pour embellir la maison en ce début d'été. Nous rentrions les bras chargés d'un énorme bouquet. Comme d'habitude, le portail grinça lorsque nous l'ouvrîmes. Nos pas résonnèrent sur le gravier de l'allée. Au loin, je vis mes grands-parents dans le jardin, assis à la table blanche en fer forgé. Protégés par l'ombre des arbres, ils parlaient à un homme qui me tournait le dos. Ils me virent, lui dirent quelques mots qui le firent se lever, puis se retourner vers moi. La première chose que je remarquai fut qu'il tenait Hélène dans les bras. Sa petite main dodue avait attrapé un morceau de sa chemise bleu ciel en coton, trop large pour lui. Il donna le bébé à Catherine.

Je levai enfin mon regard vers son visage. Lorsque mes yeux plongèrent dans les siens, mon cœur s'arrêta immédiatement de battre. Je perdis complètement le contrôle de mon corps. Je laissai mes bras retomber, et les fleurs se dispersèrent autour de moi, sur le sol. J'étais paralysée tant j'avais peur que tout ne soit que le fruit de mon imagination. Hannah me lâcha le bras pour courir vers lui. Elle l'étreignit si fort que je crus qu'elle allait le casser tellement il paraissait fragile.

Il se libéra délicatement de l'étreinte de la fillette et, tout en lui tenant la main, il se dirigea vers moi. Mes yeux le fixaient mais ma vision se brouillait. Évidemment que je l'aurais reconnu même maigre, le visage marqué par la fatigue et la faim ! Comment avais-je pu douter de ne pas reconnaître ce regard que je connaissais par cœur ?

Je n'osais pas bouger tant je craignais de me réveiller. Je le regardai s'approcher de moi en boitant légèrement, sa blessure à la jambe ayant dû se réveiller durant sa déportation. Pourtant c'était bien lui. L'amour de ma vie avait retrouvé le chemin vers moi. Dieu me devait bien cela. Il m'en avait au moins renvoyé un de chez les morts. Je me fichais de l'état dans lequel il était. Il était, tout simplement, et c'était cela le plus important. Il s'arrêta en face de moi. Il me dit doucement :

— Notre fille est aussi belle que ce que je m'étais imaginé. Je suis juste tellement déçu que tu ne l'aies pas appelée Fiekchen.

Je ris entre mes larmes, toutefois je n'arrivais toujours pas à prononcer un seul mot.

— C'est bien la première fois que tu ne trouves rien à dire, ma Solange.

Je ne tentai même pas de le toucher, comme s'il ne s'agissait que d'un mirage qui au moindre contact se transformerait en tas de sable. Il posa une main sur ma joue afin d'essuyer une larme. Puis, il m'embrassa et me prit tendrement contre lui. Mes mains s'accrochèrent alors à sa chemise avec toute la force dont elles étaient capables. Je ne le laisserais plus jamais partir.

Il se portait mieux qu'Isaac à son retour. Il était certes plus jeune, était resté moins de temps en détention, néanmoins, la déportation avait tout de même laissé des marques. Notamment, ce tatouage que je découvris sur son bras lorsqu'il s'était assoupi à côté de moi, épuisé par son voyage pour revenir vers nous. Je passais et repassais mon doigt sur ces chiffres. Ils représentaient toute l'horreur dont l'homme était capable.

À son réveil, je lui demandai comment il pouvait être là, alors qu'on l'avait dit mort. Il débuta son récit après notre arrestation. Philippe avait pu me faire sortir, mais lui partait pour Drancy. De là, il avait été déporté en train. En chemin, il avait aidé Simon à s'évader. Je le rassurai en lui précisant que l'adolescent était venu me voir à la Libération.

Il me raconta ensuite la même chose que son père : le trajet en train interminable, la sélection sur le quai, et l'entrée dans le camp d'Auschwitz qui affichait un perfide « *Arbeit macht frei* », le travail rend libre. Je m'étonnai aussi qu'il n'y ait pas retrouvé Isaac. Il m'apprit que ces camps étaient gigantesques, constitués de plusieurs parties. Il avait lui aussi été tatoué, rasé, parqué dans un baraquement insalubre. Quelques semaines après son arrivée, il fut sélectionné avec d'autres afin d'être transféré dans le camp de Bergen-Belsen. C'était à ce moment-là que son compagnon d'infortune, qui avait contacté Robert, avait dû perdre sa trace. Si Auschwitz avait été libéré en janvier 45, Bergen-Belsen ne l'avait été qu'en avril.

Il lui avait fallu du temps pour revenir à Paris. Au Lutétia, on lui avait dit que sa famille le cherchait, et on lui avait donné notre adresse parisienne. Il avait alors su par Alice que j'étais retournée à Saint-Amont, là où Robert m'avait annoncé sa mort. Il ne voulait pas qu'elle m'appelle, il préférait me voir en personne. Il avait rendu visite à son père également. Leurs retrouvailles avaient été émouvantes. Tant d'épreuves avaient finalement été nécessaires pour que père et fils se trouvent. Ensuite, il s'était précipité afin de nous rejoindre ici.

Samuel eut du mal à se réadapter à une existence normale, sans cris, sans peur, sans souffrances physiques, sans odeur de chairs brûlées dans l'air, sans cendres qui rentraient par tous les pores de la peau. Il était encore inquiet pour lui, pour sa famille. Il redoutait qu'un jour tout ne recommence, que les extrémismes ne ressurgissent et que des populations entières soient exterminées sur le simple fait d'avoir des croyances ou des origines différentes. Par ailleurs, une réelle culture du silence s'imposa à nous tous après la guerre. Ce que Samuel et Isaac avaient vécu, personne ne voulait ni ne pouvait l'entendre. Le monde n'était pas prêt.

Il décida donc de nous mettre tous à l'abri en changeant son nom. Il abandonna son prénom pour le deuxième que lui avait donné sa mère et fit franciser son patronyme. Pour la seconde fois en trois ans, Samuel changeait d'identité.

En avril 1946, j'épousai donc Henri Deschamps à Paris. Officiellement, Samuel Feldstein n'existait plus. Pour les autres, afin d'éviter les questions indiscrètes, nous garderions la version fournie à mes grands-parents à notre arrivée à Saint-Amont. Seuls les noms changeraient. Personne n'avait besoin de savoir.

Une nouvelle vie commençait. Une vie dans laquelle je murmure parfois à l'oreille de mon mari son ancien prénom, comme s'il s'agissait d'un mot d'amour.

Printed in Great Britain
by Amazon

66677162R00106